Afirmar os direitos culturais
Comentário à Declaração de Friburgo

OS LIVROS DO OBSERVATÓRIO

O Observatório Itaú Cultural dedica-se ao estudo e à divulgação dos temas de política cultural, hoje um domínio central das políticas públicas. Consumo cultural, práticas culturais, economia cultural, gestão da cultura, cultura e educação, cultura e cidade, leis de incentivo, direitos culturais, turismo e cultura: tópicos como esses se impõem cada vez mais à atenção de pesquisadores e gestores do setor público e privado. OS LIVROS DO OBSERVATÓRIO formam uma coleção voltada para a divulgação dos dados obtidos pelo Observatório sobre o cenário cultural e das conclusões de debates e ciclos de palestras e conferências que tratam de investigar essa complexa trama do imaginário. As publicações resultantes não se restringirão a abordar, porém, o universo limitado dos dados, números, gráficos, leis, normas, agendas. Para discutir, rever, formular, aplicar a política cultural é necessário entender o que é a cultura hoje, como se apresenta a dinâmica cultural em seus variados modos e significados. Assim, aquela primeira vertente de publicações que se podem dizer mais técnicas será acompanhada por uma outra, assinada por especialistas de diferentes áreas, que se volta para a discussão mais ampla daquilo que agora constitui a cultura em seus diferentes aspectos antropológicos, sociológicos ou poéticos e estéticos. Sem essa dimensão, a gestão cultural é um exercício quase sempre de ficção. O contexto prático e teórico do campo cultural alterou-se profundamente nas últimas décadas e aquilo que foi um dia considerado clássico e inquestionável corre agora o risco de revelar-se pesada âncora. Esta coleção busca mapear a nova sensibilidade em cultura.

Teixeira Coelho

Patrice Meyer-Bisch e Mylène Bidault

Com a colaboração de
Taïeb Baccouche, Marco Borghi, Joanna Bourke-Martignoni,
Claude Dalbera, Emmanuel Decaux, Yvonne Donders,
Alfred Fernandez, Pierre Imbert, Jean-Bernard Marie,
Sacha Meuter, Abdoulaye Sow

AFIRMAR OS DIREITOS CULTURAIS
COMENTÁRIO À DECLARAÇÃO DE FRIBURGO

Tradução
Ana Goldberger

ILUMI//URAS

Coleção *Os Livros do Observatório*
dirigida por Teixeira Coelho

Copyright © 2014
Itaú Cultural

Copyright © desta edição
Editora Iluminuras Ltda.

Capa
Michaella Pivetti

Foto da capa
WC/Postdlf. Sky Mirror, instalação de Anish Kapoor, de setembro a outubro de 2006
(Rockefeller Center, NYC, EUA).

Preparação de texto
Jane Pessoa

Revisão
Bruno Silva D'Abruzzo

CIP-BRASIL. CATALOGAÇÃO NA PUBLICAÇÃO
SINDICATO NACIONAL DOS EDITORES DE LIVROS, RJ

A194

Afirmar os direitos culturais: comentário à declaração de Friburg / organização Patrice, Meyer--Bisch, Mylène Bidault ; tradução Ana Goldberg ; Taïeb Baccouche ; Marco Borghi ; Joanna Bourke-Martignoni ; Claude Dalbera ; Emmanuel Decaux ; Yvonne Donders ; Alfred Fernandez; Pierre Imbert ; Jean-Bernard Marie. - 1. ed. - São Paulo :
Iluminuras, 2014.
  168 p. : il. ; 23 cm.

Tradução de: Déclarer les droits culturels- Commentaire de la Déclaration de Fribourg

ISBN 978-85-7321-439-0 (Iluminuras)
ISBN 978-85-7979-049-2 (Itaú Cultural)

  1. Cultura - Direito. 2. Patrimônio cultural - Proteção. 3. Política cultural. I. Meyer-Bisch, Patrice. II. Bidault, Mylène. III. Baccouche, Taïeb. IV. Borghi, Marco. V. Bourke-Martignoni, Joanna. VI. Dalbera, Claude. VII. Decaux, Emmanuel. VIII. Donders, Yvonne. IX. Fernandez, Alfred. X. Imbert

14-10312   CDU: 340.12
12/03/2014   18/03/2014

2014
EDITORA ILUMINURAS LTDA.
Rua Inácio Pereira da Rocha, 389 - 05432-011 - São Paulo - SP - Brasil
Tel./Fax: 55 11 3031-6161
iluminuras@iluminuras.com.br
www.iluminuras.com.br

SUMÁRIO

Apresentação,
   Teixeira Coelho, 7

Por que uma declaração de direitos culturais?, 13
Composição do comentário, 15
Lista de abreviações e sumário da Declaração, 17

OS DIREITOS CULTURAIS, 19
Declaração de Friburgo

Comentário, 27
Artigo 1º (princípios fundamentais), 35
Artigo 2º (definições), 45
Artigo 3º (identidade e patrimônio culturais), 55
Artigo 4º (referência às comunidades culturais), 67
Artigo 5º (acesso e participação na vida cultural), 75
Artigo 6º (educação e formação), 85
Artigo 7º (comunicação e informação), 95
Artigo 8º (cooperação cultural), 107
Artigo 9º (princípios de governança democrática), 113
Artigo 10 (inserção na economia), 121
Artigo 11 (responsabilidade dos agentes públicos), 131
Artigo 12 (responsabilidade das organizações internacionais), 135

Anexo 1 - Antecedentes, as etapas de uma redação, 141
Anexo 2 - Promoção e uso da Declaração, 147
Anexo 3 - Lista dos padrinhos da Declaração, 149

Agradecimentos, 154

Índice remissivo, 155

APRESENTAÇÃO

Teixeira Coelho

Os direitos culturais são um dos pilares da política cultural contemporânea e é especialmente relevante e gratificante ver este tema integrando agora a coleção d' Os Livros do Observatório. A rigor, tudo em política cultural gira ao redor da noção dos direitos culturais. Não foi sempre assim, e tudo indica que ainda não é assim no mundo e no Brasil.

O motivo é relativamente simples: os direitos culturais, que já apareciam como tais na Declaração dos Direitos Humanos de 1948, logo após o final da Segunda Guerra Mundial, e que são um ramo direto e integrante desses mesmos Direitos Humanos, visam proteger o indivíduo contra o Estado e o coletivo. E aqui se deveria acrescentar de modo expresso um ponto final: os Direitos Humanos e os Direitos Culturais são direitos do indivíduo afirmados, se preciso for, contra o Estado e contra o coletivo, ponto final. Não há tergiversação, não há "mas" possível. As atrocidades da Segunda Guerra Mundial, que resultaram no assassinato de etnias, grupos minoritários (como aqueles movidos por uma opção sexual à época dita heterodoxa), artistas, intelectuais e de tantas e tantas "pessoas comuns" como se diz (as pessoas comuns que morrem nesses palcos históricos atrozes são as mais incomuns possíveis) foram cometidas por um Estado ou por coletivos como o partido político ou o segmento ariano, ou que assim se chamava, ou outro coletivo de variada natureza. E, se não diretamente, sem dúvida com a cumplicidade ou passividade de outros coletivos, como os que representavam religiões. E esse não foi o quadro apenas da Alemanha: foi também o cenário, em menor escala, na Itália e vinha sendo, mesmo antes da guerra, a situação observável na União das Repúblicas Socialistas Soviéticas embora à época não se quisesse vê-la. E foi também, em escala mais reduzida mas não menos aviltante, o cenário no Brasil do Estado Novo e depois no Brasil da ditadura militar de 1964-1985, quando pessoas foram mortas, presas ou tiveram de se exilar. Idem no Chile, na Argentina, na China da Revolução Cultural e em tantos outros lugares.

Em 1948 o mundo civilizado, se essa palavra tinha algum sentido àquela altura, emitiu sua declaração protetora do indivíduo diante do Estado e dos coletivos e essa declaração já continha os três direitos culturais básicos (participar da vida cultural, beneficiar-se dos avanços científicos e tecnológicos, ver respeitados os direitos relativos à propriedade intelectual) ao lado dos demais não menos fundamentais, entre eles a educação. Mas levou tempo para que os direitos culturais como tais se cristalizassem diante das pessoas... e dos Estados. Só em 1966 e, a rigor, em 1976 — quer dizer, ontem pela manhã — começaram a sociedade civil, intelectuais, organizações variadas de defesa do indivíduo (não do cidadão, mas do indivíduo: cidadão é uma palavra que pressupõe um Estado por trás, enquanto o indivíduo protegido pelos Direitos Humanos e Culturais é o indivíduo mais amplo e maior que o cidadão uma vez que pode ser o indivíduo sem nação, sem território, sem Estado — o indivíduo que é cidadão do mundo, deste mundo tão pequeno), retomando: só em 1966 e, a rigor, em 1976 — quer dizer, ontem pela manhã — começaram a sociedade civil, intelectuais, organizações variadas de defesa do indivíduo, a ter plena consciência da necessidade de afirmar esses direitos e do alcance que poderiam ter. Enquanto isso, muita coisa foi feita em cultura e pela cultura do ponto de vista do coletivo e do Estado. Nem sempre de modo equivocado ou reprovável. Na França, não só o Ministério da Cultura como toda uma rede de produção e distribuição da cultura foi organizada e implementada sob o impulso de um escritor acima de suspeitas quanto a seus ideais humanitários: André Malraux. Por mais profícua que tenha sido a iniciativa de Malraux, ele a tomou antes na sua própria perspectiva pessoal nacional e de Estado do que sob o ângulo do indivíduo. O indivíduo saía fortalecido do sistema que ele desenhou mas também dele se beneficiava o Estado francês, um estado cultural como poucos no mundo. Ainda não havia uma clara consciência, nesse período pré-1976 (ontem pela manhã), de que a política e a ação culturais tinham por meta criar as condições para que os indivíduos inventassem seus próprios fins culturais. Os fins eram ainda, embora "bem-intencionados", os fins da sociedade e, acima de tudo, do Estado: afinal, a cultura foi o principal componente da construção ideológica do estado-nação, muito mais do que a economia ou o poderio militar. A cultura era um braço privilegiado de Estados como o francês, o italiano, o alemão. (Nunca o foi, na mesma dimensão e por exemplo, um braço do Estado num país plural como os Estados Unidos, que também se formava entre os séculos XVIII e XIX.) A Declaração dos Direitos Humanos teve de ser reconhecida pelos Estados-membros da ONU embora visasse proteger o indivíduo contra esses mesmos Estados. De resto, a ONU se diz uma Organização das Nações Unidas mas representa os Estados (unidos ou não). Muitos no País Basco, como na Catalunha, se consideram membros de uma nação própria e querem ainda formar um Estado à parte — mas quem os representa no concerto ou desconcerto dos Estados é o Estado da Espanha. As nações estão em segundo plano. Nações que não se organizam em Estados ou que são impedidas de se organizar em Estados não são representadas pela ONU. O resultado é que muito Estado, muito Estado esperto, sobretudo quando se trata dos direitos culturais, quer apresentar-se como ator e beneficiário desses direitos e legislar em causa própria ao propor uma correspondência descabida entre ele mesmo e os indivíduos tomados enquanto corpo coletivo, como agrada ao Estado.

E entra então em cena o coletivo. O leitor verá que os direitos culturais dizem-se do indivíduo isoladamente ou em grupo, isto é, na segunda parte da descrição, do indivíduo no meio de um coletivo com o qual se funde e no qual se perde, no significado mais liberal dessa palavra. Essa proposição faz com que se distinga entre os direitos culturais e os direitos à cultura. Os direitos culturais, na versão coletivista dos direitos culturais propriamente ditos, aplicam-se aos grupos: os indígenas, as nações sem Estado, os segmentos distinguidos pelas preferências sexuais ou religiosas ou pelas faixas etárias ou "de gênero" como se diz hoje, expressão considerada mais politicamente correta do que o tradicional "de sexo" ("de que sexo é você, masculino, feminino ou outro?"; hoje deve-se dizer "de que gênero é você?", expressão que veio da linguística e que faz pensar que hoje um ser humano é antes uma questão de linguagem quando deveria ser exatamente o inverso...). Os direitos culturais, nesse marco, se distinguiriam dos direitos à cultura, isto é, dos direitos de acesso à cultura: todo indivíduo tem o direito de participar (ou de não participar, o que quase nunca se esclarece adequadamente) da vida cultural, tendo portanto garantido o acesso devido às obras de arte e de cultura livres de censura (proibir de dizer ou fazer) e livres da imposição cultural (obrigar a dizer ou fazer: obrigado a cantar um hino coletivo, obrigado a participar das festas nacionais ou político-partidárias etc.). Nesse aspecto, cabe destacar que "obrigar a dizer ou fazer" é ainda mais sinistro do que "impedir de dizer ou fazer": para quem não se recorda, vale ler de novo *1984* de George Orwell.

Os direitos à cultura são mais amplos que os direitos culturais tal como muitos intérpretes hoje preferem vê-los. Se tenho direito à cultura que escolho ou da qual preciso, tenho como praticar meus direitos culturais entendidos na mira coletivista. Mas, se tenho apenas direitos culturais posso ser, como de fato sou na esmagadora maioria dos casos (e esmagadora é uma palavra plena de significados claros e ameaçadores), oprimido em relação a meus direitos à cultura porque posso ver-me impedido de ter acesso às obras de cultura que prefiro (o álcool, por exemplo, ou a moda que me interessa ou a língua que escolho como minha ou o parceiro ou parceira que me agrada — ou, ainda, o uso cultural de minhas partes mais íntimas do modo como as quero preservar).

É por isso desolador ver hoje diversos especialistas em direitos culturais, em particular alguns encarregados de organizar a voz da ONU para esses temas, manifestarem-se expressamente como interessados nos "direitos culturais" e desinteressados dos "direitos à cultura". A preocupação com a diversidade cultural, sempre entendida como traço do coletivo e quase nunca ou nunca como elemento definidor da individualidade, está na matriz desse entendimento coletivista dos direitos humanos e culturais que nos faz correr o risco de ver entrar pela porta dos fundos o que a Declaração de 1948 impediu que entrasse pela porta da frente.

E desse ponto se vai diretamente àquele que é central nessas discussões todas: o da identidade. É fácil verificar que a identidade não é a tônica nem da Declaração dos Direitos Humanos nem dos Direitos Culturais. E no entanto a identidade tem se esgueirado para dentro das discussões e proposições neste campo de um modo que pode subverter todo o processo de libertação e desenvolvimento do ser humano tão duramente alimentado desde a catástrofe da Segunda Guerra Mundial e, depois, da guerra da Coreia e da invasão da Hungria e da Tchecoslováquia e da Revolução Cultural na China sob Mao e tanta coisa. A identidade aproveita antes de mais nada do Estado, que sobre ela se firma e se funda. A identidade é a que declara as fronteiras e as fronteiras, como lembrou o escritor italiano triestino Claudio Magris (que por ser daquela região sabia do que falava), sempre cobram seus tributos em sangue. A identidade é fundamental para o coletivo mas nem os direitos culturais e humanos são prioritariamente para o coletivo, nem a identidade é fundamental para o indivíduo. A melhor sociologia e psicologia hoje deixaram de lado a ideia de identidade e em seu lugar reconhecem o conceito de identificação: a identidade não é fixa nem dada, isto é, não é um dado — como aliás reconhecem as melhores interpretações dos direitos culturais, como aquela que se encontra neste volume. O termo identificação diz claramente o que recobre: um processo, um desdobramento, uma marcha, uma ação, um ir e vir. Ninguém é brasileiro só, todo mundo é brasileiro e outra coisa (a começar de cidadão do mundo), e brasileiro agora e depois outra coisa e depois de novo brasileiro, assim como ninguém é mais necessariamente sempre e eternamente do sexo ou gênero masculino mas do "gênero" masculino a caminho talvez do feminino e depois novamente do masculino ou vice-versa, nem corintiano a vida inteira, nem do partido X ou do partido Y ou da ideologia X ou da ideologia Y a vida toda. A identidade é lábil, portanto não há como protegê-la sem encaixá-la e congelá-la nesta ou naquela gaveta: cabe deixá-la solta. E deixando-a solta, melhor nem falar dela. A identidade é igual apenas a si mesma (e nem isso) e a nada fora de si mesma. Mas, querem que a identidade seja igual à identidade do outro e querem que isso provoque o surgimento do coletivo. Os direitos humanos e os direitos culturais, porém, são do indivíduo e apenas acessoriamente do coletivo; e se houver alguma divergência ou discrepância entre o coletivo e o indivíduo, prevalece o indivíduo. Sempre. No frigir dos ovos, é o indivíduo que conta. Em primeira e última instância, o indivíduo é que conta. A *bottom line* é o indivíduo. O indivíduo não está sozinho no mundo e para se desenvolver e afirmar ele recorre à sociedade; portanto, as relações entre ele e a sociedade (o coletivo) são passíveis de institucionalização, quer dizer, de controle — e de direitos. Dele e dela. Mas, depois dos horrores do século XX, possivelmente os mais radicais de toda a história da humanidade e que se prolongam pelo século XXI adentro, os direitos são do indivíduo contra o coletivo e contra o Estado. Não significa que o Estado seja necessariamente daninho ao desenvolvimento do indivíduo; mas significa que o Estado deve estar a serviço do indivíduo e do coletivo e não o contrário. Nessa linha, a famosa peroração de John Kennedy, "Não pergunte o que o país pode fazer por você, pergunte o que você pode fazer pelo país", é para ser vista com toda cautela e desconfiança possíveis: o mesmo disseram e dizem todos os totalitários de todas as cores ideológicas. Sim, eu pergunto o que o Estado pode fazer por mim porque afinal sou eu quem sustenta o Estado. Isso é o que começaram a dizer as manifestações de rua no Brasil entre junho e julho do ano de 2013. O equilíbrio entre o Estado e o indivíduo é sensível e de ajuste extremamente difícil — e os direitos humanos e culturais vieram para reforçar o lado do indivíduo: o Estado já é suficientemente forte por sua natureza. Há pouca dúvida sobre o fato de que o Estado deverá ou deveria ceder lugar ao governo das pessoas pelas pessoas mesmas num determinado ponto do desenvolvimento social. Esse ponto no entanto é reiteradamente recuado no tempo diante das pessoas, continuamente declaradas ainda não aptas para se governarem a si mesmas. Homens livres governam a si mesmos, escrevia Thoreau; só escravos precisam de governos. Diferentes ideologias começaram por afirmar que tomariam o Estado para fazê-lo desaparecer — apenas para substituir o anterior Estado opressor por outro ainda mais tirânico. À falta de algo melhor, os Direitos Humanos e Culturais declaram o Estado como zelador e protetor do indivíduo (e acessoriamente, do coletivo em cujo meio o indivíduo vive). Considerando o que fez e tem feito o Estado um pouco por toda parte no mundo todo, é uma escolha complicada, para dizer pouco. Existe no horizonte do possível algo aparentemente mais entusiasmante que o Estado nacional: o Estado mundial, a organização dos estados do mundo assentada sobre tribunais internacionais. Esse estado ideal ainda funciona pouco: tentativas de implementá-lo de vez falharam, como a inédita e de vários pontos de vista fantástica, corajosa e atrevida tentativa do juiz espanhol Baltazar Garzon de levar o ex-ditador Pinochet, do Chile, a responder na justiça internacional por seus crimes não na Espanha, mas no Chile, crimes que nenhum Estado em particular lhe queria imputar e menos ainda punir. Garzon não o conseguiu[1] — mas assustou (um pouco) muitos candidatos a ditador. O jogo de conveniências e interesses internacionais (o equilíbrio mundial, como se diz) não permite que esse Estado supranacional, única real garantia de todo indivíduo nacional, funcione de fato. Mas, há algo no horizonte, nesse caminho.

Enquanto isso, e nesse rumo, resta afirmar os direitos culturais como a primeira plataforma do indivíduo. O maior direito é o direito à vida, direito natural por excelência e que todos reconhecem (embora nem todos pratiquem). Mas o direito à vida sem cultura não é nada. Não que seja pouco: não é nada. O homem é homem porque faz o que nenhum outro ser vivo faz: contar histórias e se contar histórias. Alguns ainda lembram a definição de Aristóteles do homem como *zoon politikon*, animal político, para fazer crer que a marca do homem é a política. O conceito de Aristóteles só fica em pé se, primeiro, for lembrado que política é o que diz respeito à cidade e que a política é uma narrativa, uma história. É o que permite ao ser humano a cultura. Sem cultura, não há ser humano, portanto não há vida humana. Afirmar os direitos culturais é afirmar a vida.

É o que fazem há tempos Patrice Meyer-Bisch e seus colegas reunidos ao redor da Universidade de Friburgo, numa ação que reafirma o papel civilizador indiscutível da universidade. O presente volume não é uma cartilha; ele é, antes, o romance do indivíduo contemporâneo, a ser guardado de memória no esforço cotidiano para que não se repitam as fogueiras em que foram carbonizados tantos indivíduos e tanta cultura.

---

[1] E mais tarde foi excluído da magistratura espanhola por seu zelo pela dignidade e pela legitimidade. A orientação política de seus algozes não é difícil de identificar.

POR QUE UMA DECLARAÇÃO DE DIREITOS CULTURAIS?

No momento em que os instrumentos normativos referentes aos direitos humanos continuam a se multiplicar, pode parecer inoportuno propor um novo texto. Mas, em face da permanência das violações, do fato de que os conflitos encontram parte de seus germes nas violações dos direitos culturais, e que muitas estratégias de desenvolvimento revelaram-se inadequadas por ignorância desses mesmos direitos, constatamos que a universalidade e a indivisibilidade dos direitos humanos padecem sempre com a marginalização dos direitos culturais.

O recente desenvolvimento da proteção à diversidade cultural não pode ser compreendido, sob pena de relativismo, sem inseri-lo no conjunto indivisível e interdependente dos direitos humanos e, mais especificamente, sem um esclarecimento sobre a importância dos direitos culturais.

A presente Declaração reúne e explicita os direitos culturais que já são reconhecidos, de maneira dispersa, em inúmeros instrumentos. Um esclarecimento é necessário para demonstrar a importância crucial desses direitos, bem como a existência de dimensões culturais dos outros direitos humanos.

O texto proposto é uma nova versão, profundamente remanejada, de um projeto redigido para a UNESCO em 1998[1] pelo Grupo de Friburgo, um grupo de trabalho internacional organizado a partir do Instituto Interdisciplinar de Ética e Direitos Humanos da Universidade de Friburgo, na Suíça.

Resultado de um amplo debate com agentes de origens e condições muito variadas, esta Declaração destina-se a pessoas, comunidades, instituições e organizações que pretendem participar do desenvolvimento dos direitos, liberdades e responsabilidades que ela enuncia.

O Grupo de Friburgo[2]
7 de maio de 2007

---

[1] P. Meyer-Bisch (org.), *Les Droits culturels. Projet de déclaration* (Paris/Friburgo: UNESCO; Éditions Universitaires, 1998. 49 pp.). Ver no anexo: "1. Antecedentes, as etapas de uma redação".

[2] A Declaração foi adotada em 7 de maio de 2007 por uma assembleia reunida para esse efeito, composta de professores universitários oriundos de diversas disciplinas, de membros de ONGs e de profissionais do campo dos direitos culturais, com o apoio de aproximadamente sessenta personalidades de diferentes origens. Ver, no final do volume, a lista dos membros do Grupo de Friburgo e a dos padrinhos, bem como os procedimentos de adesão e de apoio à Declaração.

COMPOSIÇÃO DO COMENTÁRIO

Redação

Por ser a Declaração de Friburgo (doravante, a Declaração), apesar de breve, um instrumento complexo, oriundo de debates aprofundados dentro do Grupo de Friburgo há vinte anos, desde o começo nos pareceu necessária a publicação de um comentário sobre ela. Trata-se de explicar com mais precisão a posição do Grupo, esclarecer certos debates que aconteceram e mitigar as ambiguidades que poderiam surgir a todo momento. Foi formado um grupo de trabalho para preparar o comentário de cada disposição, em seguida a redação do conjunto foi efetuada por Mylène Bidault e Patrice Meyer-Bisch em discussões com o grupo.[1]

O comentário, assim como a Declaração, é uma proposta aberta à discussão, a fim de contribuir para traçar, aos poucos, o difícil caminho da concretização dos direitos culturais.

Estrutura da Declaração e dos comentários

a. Depois dos Considerandos que explicam a importância da Declaração, o art. 1º descreve os princípios de interpretação dos direitos e o art. 2º expõe as definições utilizadas.

b. Os arts. 3º a 8º enunciam os direitos culturais. Nesse comentário, procede-se à análise de seu objeto, depois das obrigações correspondentes, sob o ângulo da tríplice obrigação de respeitar, proteger e garantir os direitos.

[1] A redação do presente comentário foi composta com base na edição de 1998, profundamente remanejada em função do novo texto da Declaração e do avanço de nossas pesquisas. Os autores agradecem a todos aqueles e a todas aquelas que participaram da redação, fornecendo um texto de base e depois participando das modificações. Trata-se, especialmente, de: Taïeb Baccouche, Túnis (art. 8º); Joanna Bourke-Martignoni, Friburgo (art. 12); Marco Borghi e Sacha Meuter, Friburgo (art. 7º); Claude Dalbera, Ouagadougou (art. 10); Emmanuel Decaux, Paris (art. 11); Yvonne Donders, Amsterdam (art. 5º); Alfred Fernandez, Genebra (art. 9º); Pierre Imbert, Estrasburgo (revisão); Jean-Bernard Marie, Estrasburgo (art. 6º); Abdoulaye Sow, Nouakchott (art. 4º). Os autores também agradecem a outros especialistas, particularmente os membros do Comitê de Direitos Econômicos, Sociais e Culturais com os quais eles puderam trabalhar em inúmeras ocasiões, especialmente durante o processo de redação da Observação Geral 21, sobre o direito de participar da vida cultural.

c. Os arts. 9º a 12 são dedicados à implantação dos direitos, dentro de uma lógica de interação entre todos os responsáveis.

NUMERAÇÃO

A fim de facilitar as remissões e evitar ao máximo as repetições, os parágrafos são numerados em referência ao artigo comentado (por exemplo, parágrafos 1.1 e seguintes para o art. 1º e assim por diante). Para os comentários aos considerandos, foi empregada a numeração de 0.1 a 0.16.

ÍNDICE

Um índice temático facilita as leituras transversais.

LISTA DE ABREVIAÇÕES E SUMÁRIO DA DECLARAÇÃO

CADE - Carta Africana dos Direitos e do Bem-Estar da Criança, 1990
CADH - Convenção Americana de Direitos Humanos, 1969
CADHP - Carta Africana dos Direitos do Homem e dos Povos, 1981
CDC - Convenção Internacional sobre os Direitos da Criança, 1989
CDESC - Comitê de Direitos Econômicos, Sociais e Culturais
CDH - Comitê dos Direitos Humanos
CEDH - Convenção Europeia de Salvaguarda dos Direitos Humanos e das Liberdades Fundamentais, 1950
CERD - Comitê para a Eliminação da Discriminação Racial
CERD - Convenção Internacional sobre a Eliminação de todas as Formas de Discriminação Racial, 1965
CPI - Convenção para Salvaguarda do Patrimônio Cultural Imaterial, 2003
CPMN - Convenção Quadro para a Proteção das Minorias Nacionais, 1995
CPPDEC - Convenção sobre a Proteção e a Promoção da Diversidade das Expressões Culturais, 2005
CTM - Convenção Internacional sobre a Proteção dos Direitos de todos os Trabalhadores Migrantes e Membros de sua Família, 1990
DADH - Declaração Americana dos Direitos e Deveres Humanos, 1948
DDPI - Declaração dos Direitos dos Povos Indígenas, 2007
DDPM - Declaração sobre os Direitos das Pessoas Pertencentes a Minorias, 1992
DUDC - Declaração Universal sobre a Diversidade Cultural, 2001
DUDH - Declaração Universal dos Direitos Humanos, 1948
Faro - Convenção Quadro Relativa ao Valor do Patrimônio Cultural para a Sociedade, chamada Convenção de Faro, 2005
OIT - Organização Internacional do Trabalho
PIDCP - Pacto Internacional Relativo aos Direitos Civis e Políticos, 1966
PIDESC - Pacto Internacional dos Direitos Econômicos, Sociais e Culturais, 1966
PNUD - Programa das Nações Unidas para o Desenvolvimento
PSS - Protocolo de São Salvador, 1988

SUMÁRIO DA DECLARAÇÃO

Considerandos	Justificativas
1. Princípios fundamentais 2. Definições	Princípios e definições
3. Identidade e patrimônio culturais 4. Referência às comunidades culturais 5. Acesso e participação na vida cultural 6. Educação e formação 7. Comunicação e informação 8. Cooperação cultural	Lista de direitos culturais
9. Princípios de governança democrática 10. Inserção na economia 11. Responsabilidade dos agentes públicos 12. Responsabilidade das organizações internacionais	Implementação

OS DIREITOS CULTURAIS
Declaração de Friburgo

(1) Relembrando a Declaração Universal dos Direitos Humanos, os dois Pactos Internacionais das Nações Unidas, a Declaração Universal da UNESCO sobre a Diversidade Cultural e os outros instrumentos universais e regionais pertinentes;
(2) Reafirmando que os direitos humanos são universais, indivisíveis e interdependentes, e que os direitos culturais são, como os outros direitos humanos, uma expressão e uma exigência da dignidade humana;
(3) Convencidos de que as violações dos direitos culturais provocam tensões e conflitos identitários, que são uma das principais causas da violência, das guerras e do terrorismo;
(4) Convencidos igualmente de que a diversidade cultural não pode ser realmente protegida sem uma efetiva concretização dos direitos culturais;
(5) Considerando a necessidade de levar em conta a dimensão cultural do conjunto dos direitos humanos atualmente reconhecidos;
(6) Estimando que o respeito à diversidade e aos direitos culturais é um fato determinante para a legitimidade e a coerência do desenvolvimento duradouro baseado na indivisibilidade dos direitos humanos;
(7) Constatando que os direitos culturais foram reivindicados principalmente dentro do contexto dos direitos das minorias e dos povos autóctones, e que é essencial garanti-los de maneira universal, especialmente para os mais desfavorecidos;
(8) Considerando que um esclarecimento do lugar dos direitos culturais dentro do sistema de direitos humanos, bem como uma melhor compreensão de sua natureza e das consequências de suas violações, são o melhor meio de impedir que eles sejam utilizados a favor de um relativismo cultural ou como pretexto para colocar comunidades ou povos uns contra os outros;
(9) Constatando que os direitos culturais, tais como enunciados na presente Declaração, estão atualmente reconhecidos de maneira dispersa em um grande número de instrumentos relativos aos direitos humanos, e que é importante reuni-los para garantir sua visibilidade e coerência e para facilitar sua eficácia.

Apresentamos aos agentes dos três setores, o público (os Estados e suas instituições), o civil (as organizações não governamentais e outras associações e instituições de fins não lucrativos) e o privado (as empresas), esta Declaração dos direitos culturais, tendo em vista facilitar seu reconhecimento e sua implementação ao mesmo tempo nos níveis local, nacional, regional e universal.

Artigo 1º (princípios fundamentais)

Os direitos enunciados na presente Declaração são essenciais para a dignidade humana; por esse motivo eles são parte integrante dos direitos humanos e devem ser interpretados segundo os princípios da universalidade, da indivisibilidade e da interdependência. Consequentemente:
a. estes direitos são garantidos sem discriminação especialmente de cor, sexo, idade, língua, religião, convicção, ascendência, origem nacional ou étnica, origem ou condição social, nascimento ou qualquer outra situação a partir da qual a pessoa componha sua identidade cultural;
b. ninguém deve ser penalizado ou discriminado, de maneira alguma, pelo fato de exercer ou não exercer os direitos enunciados na presente Declaração;
c. ninguém pode invocar estes direitos para prejudicar outro direito reconhecido na Declaração Universal ou em outros instrumentos relativos aos direitos humanos;
d. o exercício destes direitos não pode sofrer outras limitações além das previstas nos instrumentos internacionais referentes aos direitos humanos; nenhuma disposição da presente Declaração pode prejudicar direitos mais favoráveis atribuídos em virtude da legislação e da prática de um Estado ou do direito internacional;
e. a implementação efetiva de um direito humano implica levar em conta sua adequação cultural no âmbito dos princípios fundamentais acima enunciados.

Artigo 2º (definições)

Para a finalidade da presente Declaração,
a. o termo "cultura" abrange os valores, as crenças, as convicções, as línguas, os saberes e as artes, as tradições, instituições e modos de vida através

dos quais uma pessoa ou um grupo expressa sua humanidade e o significado que ela ou ele dá a sua existência e a seu desenvolvimento;
b. compreende-se a expressão "identidade cultural" como o conjunto de referências culturais pelo qual uma pessoa, individualmente ou em grupo, se define, se constitui, se comunica e pretende ser reconhecida em sua dignidade;
c. compreende-se por "comunidade cultural" um grupo de pessoas que compartilham referências constitutivas de uma identidade cultural comum que elas pretendem preservar e desenvolver.

Artigo 3º (Identidade e Patrimônio Culturais)

Toda pessoa, individualmente ou em grupo, tem o direito:
a. de escolher e de ver respeitada sua identidade cultural na diversidade de seus modos de expressão; este direito é exercido principalmente na conexão das liberdades de pensamento, de consciência, de religião, de opinião e de expressão;
b. de conhecer e de ver respeitada sua própria cultura, bem como as culturas que, em suas diversidades, constituem o patrimônio comum da humanidade; isso implica especialmente o direito ao conhecimento dos direitos humanos e das liberdades fundamentais, valores essenciais desse patrimônio;
c. de ter acesso, especialmente pelo exercício dos direitos à educação e à informação, aos patrimônios culturais que constituem a expressão de diferentes culturas, bem como dos recursos para as gerações presentes e futuras.

Artigo 4º (Referência às Comunidades Culturais)

a. Toda pessoa tem a liberdade de escolher referir-se ou não a uma ou mais comunidades culturais, sem considerar fronteiras, e de modificar essa escolha;
b. A ninguém pode ser imposta uma referência ou ser assimilado a uma comunidade cultural contra sua vontade.

Artigo 5º (ACESSO E PARTICIPAÇÃO NA VIDA CULTURAL)

a. Toda pessoa, individualmente ou em grupo, tem o direito ao acesso e à livre participação, sem consideração de fronteiras, na vida cultural, através das atividades que escolher.
b. Este direito compreende especialmente:
- a liberdade de expressão, em público ou em particular, na ou nas línguas que escolher;
- a liberdade de exercer, de acordo com os direitos reconhecidos na presente Declaração, suas próprias práticas culturais e de seguir um modo de vida associado à valorização de seus recursos culturais, especialmente no campo da utilização, da produção e da difusão de bens e serviços;
- a liberdade de desenvolver e de compartilhar conhecimentos, expressões culturais, de fazer pesquisas e de participar das diferentes formas de criação, bem como de seus benefícios;
- o direito à proteção dos interesses morais e materiais ligados às obras que são fruto de sua atividade cultural.

Artigo 6º (EDUCAÇÃO E FORMAÇÃO)

Dentro do contexto geral do direito à educação, toda pessoa, individualmente ou em grupo, tem direito, ao longo de toda a sua existência, a uma educação e a uma formação que, respondendo a suas necessidades educacionais fundamentais, contribuam para o livre e pleno desenvolvimento de sua identidade cultural com respeito aos direitos dos outros e à diversidade cultural; este direito compreende, em particular:
a. o conhecimento e o aprendizado dos direitos humanos;
b. a liberdade de dar e receber um ensino em sua língua e em outras línguas, assim como um saber relativo a sua cultura e a outras culturas;
c. a liberdade dos pais de garantir a educação moral e religiosa de seus filhos conforme suas próprias convicções e com respeito à liberdade de pensamento, consciência e religião reconhecida à criança segundo sua capacidade;
d. a liberdade de criar, de dirigir e de ter acesso a instituições educacionais que não as dos poderes públicos, desde que as normas e os princípios internacionais reconhecidos em matéria de educação sejam respeitados e que essas instituições estejam em conformidade com as regras mínimas prescritas pelo Estado.

Artigo 7º (comunicação e informação)

Dentro do contexto geral do direito à liberdade de expressão, inclusive a artística, das liberdades de opinião e de informação e do respeito à diversidade cultural, toda pessoa, individualmente ou em grupo, tem direito a uma informação livre e pluralista que contribua para o pleno desenvolvimento de sua identidade cultural; este direito, que se exerce sem consideração de fronteiras, compreende especialmente:
a. a liberdade de pesquisar, receber e transmitir as informações;
b. o direito de participar de uma informação pluralista, na ou nas línguas que escolher, de contribuir para sua produção ou sua difusão através de todas as tecnologias de informação e da comunicação;
c. o direito de responder às informações errôneas sobre as culturas, respeitando os direitos enunciados na presente Declaração.

Artigo 8º (cooperação cultural)

Toda pessoa, individualmente ou em grupo, tem o direito de participar, conforme os procedimentos democráticos:
• do desenvolvimento cultural das comunidades das quais é membro;
• da elaboração, execução e da avaliação das decisões que lhe dizem respeito e que influem no exercício de seus direitos culturais;
• do desenvolvimento da cooperação cultural em seus diversos níveis.

Artigo 9º (princípios de governança democrática)

O respeito, a proteção e a implantação dos direitos enunciados na presente Declaração implicam obrigações para toda pessoa e toda coletividade; os agentes culturais dos três setores, público, privado ou civil, têm a responsabilidade, especialmente no contexto de uma governança democrática, de interagir e, se necessário, de tomar iniciativas para:
a. zelar para que sejam respeitados os direitos culturais e desenvolver maneiras de concertação e de participação, a fim de garantir sua realização, particularmente em relação às pessoas mais desfavorecidas, devido a sua situação social ou por pertencerem a uma minoria;

b. garantir especialmente o exercício interativo do direito a uma informação adequada, de modo que os direitos culturais possam ser levados em conta por todos os agentes na vida social, econômica e política;
c. formar seu pessoal e sensibilizar o público para compreender e respeitar o conjunto dos direitos humanos e especialmente os direitos culturais;
d. identificar e levar em conta a dimensão cultural de todos os direitos humanos, a fim de enriquecer a universalidade pela diversidade e de facilitar a apropriação desses direitos por qualquer pessoa, individualmente ou em grupo.

ARTIGO 10 (INSERÇÃO NA ECONOMIA)

Os agentes públicos, privados e civis, no âmbito de suas competências e responsabilidades específicas, devem:
a. zelar para que os bens e serviços culturais, portadores de valor, de identidade e de sentido, bem como todos os outros bens na medida em que tenham uma influência significativa no modo de vida e em outras manifestações culturais, sejam concebidos, produzidos e utilizados de forma a não prejudicar os direitos enunciados na presente Declaração;
b. considerar que a compatibilidade cultural dos bens e serviços muitas vezes é determinada pelas pessoas em situação desfavorável, devido a sua pobreza, seu isolamento ou por pertencerem a um grupo discriminado.

ARTIGO 11 (RESPONSABILIDADE DOS AGENTES PÚBLICOS)

Os Estados e os diversos agentes públicos, no âmbito de suas competências e responsabilidades específicas, devem:
a. integrar em sua legislação e em suas práticas nacionais os direitos reconhecidos na presente Declaração;
b. respeitar, proteger e concretizar os direitos enunciados na presente Declaração em condições de igualdade, e dedicar ao máximo seus recursos disponíveis a fim de garantir seu pleno exercício;
c. garantir que qualquer pessoa, individualmente ou em grupo, invocando a violação de direitos culturais, tenha acesso a recursos eficazes, especialmente jurisdicionais;

d. reforçar os meios de cooperação internacional necessários para essa concretização e, especialmente, intensificar sua interação dentro dos competentes órgãos internacionais.

Artigo 12 (Responsabilidade das Organizações Internacionais)

As organizações internacionais, no âmbito de suas competências e responsabilidades específicas, devem:
a. garantir, no conjunto de suas atividades, a consideração sistemática dos direitos culturais e da dimensão cultural dos outros direitos humanos;
b. zelar para que eles sejam inseridos coerente e progressivamente em todos os instrumentos pertinentes e em seus mecanismos de controle;
c. contribuir para o desenvolvimento de mecanismos comuns de avaliação e de controle transparentes e efetivos.

Adotada em Friburgo, em 7 de maio de 2007

COMENTÁRIO

Considerandos

Nove *considerandos* explicam a importância da Declaração e justificam sua adoção.

0.1. *Instrumentos.* Os direitos culturais são enunciados de maneira explícita ou implícita em um grande número de instrumentos universais e regionais relativos aos direitos civis e políticos, aos direitos econômicos, sociais e culturais, à não discriminação, aos direitos das mulheres, das crianças, das pessoas deficientes, dos migrantes, das pessoas pertencentes a minorias e a povos autóctones, ou, ainda, à diversidade cultural. O exercício de esclarecimento dos direitos culturais consiste especialmente em levar em conta o conjunto das disposições pertinentes desses instrumentos e em traduzir seu conteúdo em cláusulas únicas e coerentes.

0.2. *Universalidade, indivisibilidade, interdependência.* O esclarecimento e o desenvolvimento dos direitos culturais contribuem para a consolidação dos princípios de universalidade, de indivisibilidade e de interdependência dos direitos humanos. Como os outros direitos humanos, os direitos culturais envolvem diretamente a dignidade humana e devem ser reconhecidos a todos, inclusive aos mais desfavorecidos. Eles protegem especificamente esta dimensão da dignidade que é a identidade. Quando uma pessoa, sozinha ou em grupo, não pode exercer livremente seus direitos de autodeterminação e de livre identificação, a eficácia dos outros direitos humanos fica comprometida.

0.3. *Violência.* As causas da violência, individual e coletiva, devem ser em parte procuradas nos diferentes tipos de humilhação da identidade. A humilhação desespera, pois o indivíduo entra em um impasse à medida que sua capacidade de desenvolvimento pessoal e social é negada, desnaturada e destruída. A eficácia dos direitos culturais surge como fator primordial da paz duradoura. A compreensão de seu conteúdo permite, também, resistir a todas as manipulações que se formam em torno das identidades e que visam criar "blocos" de uns contra os outros. Não se trata de lutar "contra a violência" ou "contra o terrorismo", pois essa dupla de negativas é expressão sem conteúdo que se presta a todas as manipulações. Trata-se de lutar pela paz, definida no respeito à diversidade cultural e aos direitos humanos.

0.4. *Diversidade.* O reforço dos direitos culturais permite uma maior proteção dos direitos e liberdades de cada um, e constitui uma condição necessária para a preservação e a valorização da diversidade cultural. A *Declaração Universal sobre a Diversidade Cultural* (DUDC) estabelece o princípio de uma "proteção mútua" entre diversidade cultural e direitos humanos que se opõe aos excessos relativistas e ao cerco comunitário.[1] Importa valorizar as interações entre os agentes da diversidade, em primeiro lugar cada pessoa, em seus direitos e liberdades, mas também em suas responsabilidades em relação a ela mesma e a outros. Os direitos culturais permitem pensar e valorizar a diversidade pela universalidade, e reciprocamente. *A universalidade não é o mínimo denominador comum. Ela é o desafio comum, o desafio de cultivar a condição humana através de um trabalho permanente sobre nossas contradições comuns. Ela não se opõe à diversidade, ela é sua inteligência e sua proposição.*

0.5. *Dimensão cultural do conjunto dos direitos humanos.* Uma melhor definição de uma categoria de direitos humanos, seja ela qual for, permite compreender melhor o conjunto do sistema. É por isso que o grande desafio da Declaração é, ao mesmo tempo, especificar os direitos culturais e compreender melhor a dimensão cultural de cada um dos outros direitos humanos. Esse esclarecimento é necessário para uma compreensão estrita da universalidade e da indivisibilidade dos direitos humanos, no que ela convida a utilizar a diversidade dos recursos culturais na compreensão e concretização desses direitos: trata-se de *uma extensão da universalidade para o singular*, ao contrário do relativismo.

0.6. *Desenvolvimento.* Todos os direitos humanos são fatores de desenvolvimento: eles garantem o acesso aos recursos, desobstruem as liberdades e permitem o exercício das responsabilidades. Os direitos culturais são, sob esse aspecto, *alavancas* particularmente importantes, pois *permitem apoiar-se* nos saberes e garantem o acesso aos recursos culturais. Eles não protegem apenas um aspecto do desenvolvimento em detrimento dos outros, eles melhoram a apreciação da interdependência do conjunto dos direitos humanos pela comunicação dos saberes que são indispensáveis para sua eficácia.

---

[1] O art. 5º (DUDC) enumera os direitos culturais e seu plano de ação define como objetivo: "Prosseguir na compreensão e no esclarecimento do conteúdo dos direitos culturais enquanto parte integrante dos direitos humanos" (§4).

0.7. *Autóctones e minorias*. A situação das pessoas que pertencem a minorias ou a povos autóctones revelou a gravidade da violação de um grande número de direitos culturais, da mesma forma que a importância da realização dos direitos culturais para a eficácia dos outros direitos humanos. O testemunho dos povos autóctones é uma contribuição essencial para compreender o valor dos vínculos entre as pessoas e seus meios. Os direitos culturais, entretanto, referem-se a todos os seres humanos e, em especial, aos mais desfavorecidos, aqueles cuja cultura é desprezada. A luta pelo reconhecimento dos direitos culturais, especialmente pelo respeito aos patrimônios culturais comuns que constituem riquezas amplamente desperdiçadas, diz respeito a todos nós.
0.8. *Segurança humana*. Deformadas em seu conteúdo, as reivindicações identitárias representam um perigo para a paz e para a compreensão do conjunto dos direitos humanos: elas "justificam" o relativismo e a inação, ou, inversamente, as exclusões, humilhações e discriminações que acarretam diversas formas de violência. Por outro lado, as violações dos direitos culturais podem encorajar a deformação dessas reivindicações. É por isso que a especificação dos direitos culturais e sua inserção estrita no sistema de direitos humanos são uma urgência deste tempo e constituem as bases e as condições do diálogo intercultural.
0.9. *Declaração*. A Declaração reúne e explicita direitos já reconhecidos de maneira dispersa em inúmeros instrumentos. Sua apresentação em um único texto deverá contribuir para sua especificação e seu desenvolvimento, bem como para a consolidação dos princípios de universalidade, de indivisibilidade e de interdependência.

DESTINATÁRIOS

0.10. O texto é apresentado aos três tipos de agentes, públicos, privados e civis, isto é, às pessoas dentro de suas organizações e instituições que dele queiram se servir. Ele pode ser considerado como um guia para a interpretação dos direitos culturais e das dimensões culturais do conjunto dos direitos humanos.
0.11. Os destinatários desta Declaração são os Estados enquanto *primeiros e últimos* responsáveis: é a eles que cabe a responsabilidade pela eficácia, a obrigação de obter resultados (art. 11). Mas os Estados nada podem se todos os agentes envolvidos não cooperarem, cada um segundo suas

responsabilidades, capacidades e especificidades, em uma lógica de governança democrática (art. 9º). Para isso, não basta contentar-se com a simples dualidade entre Estado e sociedade civil. A abordagem adotada aqui e desenvolvida nos arts. 9º a 12 é tripartida.

- *Agentes públicos* não são apenas os Estados, mas também suas instituições infra, inter e supranacionais.
- *Agentes civis* designam as organizações não governamentais (ONG) e outras organizações com fins não lucrativos.
- *Agentes privados* designam as empresas cujas responsabilidades em relação à sociedade são significativas e variadas, não apenas as empresas produtoras de bens designados como culturais, mas todas as empresas, na medida em que sua produção tenha um impacto significativo na vida cultural.

Sob esse aspecto, deve-se notar que, de acordo com o Comitê de Direitos Econômicos, Sociais e Culturais (CDESC), "embora a implantação do Pacto caiba essencialmente aos Estados participantes, todos os membros da sociedade civil — particulares, grupos, comunidades, minorias, povos autóctones, grupos religiosos, organismos privados, empresas e sociedade civil em geral — têm igualmente responsabilidade no campo da efetiva realização do direito de cada um de participar da vida cultural. Os Estados participantes deverão regulamentar a responsabilidade que incumbe às empresas do setor privado, bem como a outros agentes não estatais, quanto ao respeito a esse direito".[2]

Os reais destinatários deste texto são sempre as pessoas "isoladamente ou em grupo" dentro das organizações, das instituições e das estruturas diversas de que participam. Todos podem exercer suas liberdades e responsabilidades culturais participando dos três tipos de agentes.

DEFINIÇÃO DOS DIREITOS CULTURAIS

0.12. A Declaração não propõe uma definição geral dos direitos culturais. Também não há uma definição estabelecida dos direitos civis, econômicos e sociais. Se essa questão permanece em aberto, é possível, entretanto, par-

---

[2] Observação Geral 21 (2009), sobre o direito de todos de participar da vida cultural (art. 15, §1 a), E/C.12/GC/21, §73.

tindo da consideração de que a identidade cultural é o objeto comum dos direitos culturais, propor a seguinte definição:

Direitos culturais designam direitos e liberdades que tem uma pessoa, isoladamente ou em grupo, de escolher e de expressar sua identidade e de ter acesso às referências culturais, bem como aos recursos que sejam necessários a seu processo de identificação, de comunicação e de criação.[3]

OBRIGAÇÕES

0.13. Mesmo que o vocabulário empregado não seja o mesmo de um mecanismo a outro, hoje admite-se amplamente que a obrigação de realizar/ implantar os direitos humanos comporta três tipos de obrigações principais e interdependentes: respeitar, proteger, garantir.[4] O comentário dos arts. 3º a 8º esforça-se para analisar o conteúdo dessas três obrigações para cada um dos direitos enunciados.

- *Respeitar (respect) significa não prejudicar os direitos enunciados, não obstaculizar seu exercício, direta ou indiretamente. Isso não se reduz a uma "obrigação negativa", pois não prejudicar pode implicar ações e prestações concretas.*

A análise dos direitos culturais mostra, em especial, que a obrigação de respeitar implica prioritariamente a de *observar* todas as capacidades presentes: a das pessoas e comunidades sujeitas de direitos, especialmente quando elas são vítimas e, portanto, estão enfraquecidas; a das pessoas e dos agentes — estatais e não estatais — que podem contribuir para a realização dos direitos relacionados; e, enfim, a dos recursos disponíveis nos meios considerados (3.21). Uma intervenção rápida demais, sem ob-

---

[3] Essa definição é desenvolvida no §3.8 e, de maneira geral, ao longo de todo o comentário.
[4] A divisão tripartida das obrigações foi desenvolvida em especial no contexto dos direitos econômicos, sociais e culturais. Ver *The Limburg Principles on the Implementation of the International Covenant on Economic, Social and Cultural Rights*, UN Doc. E/cn.4/1987/17, e T. Van Boven, C. Flinterman e I. Westendorp (orgs.), *The Maastrich Guidelines on Violations of Economic, Social and Cultural Rights* (SIM: Utrecht, 1998). O CDESC, especialmente, utiliza esses três níveis de obrigações. Ver sobretudo: Observações Gerais 12 (1999) *sobre o direito a uma alimentação que seja suficiente* (art. 11 do Pacto), §8, §11; 14 (2000) *sobre o direito ao melhor estado de saúde que se possa alcançar* (art. 12 do Pacto), §12 (c); 15 (2002) *sobre o direito à água* (arts. 11 e 12 do Pacto), §12 (a) (i) e 11; 19 (2007) *sobre o direito à segurança social* (art. 9º do Pacto), §43; 21 *sobre o direito de todos de participar da vida cultural* (art.1 5-1-a), §48. Essa terminologia refere-se a todos os direitos humanos.

servação prévia e contínua, desrespeita as capacidades presentes e induz a inúmeros efeitos perversos.

- *Proteger (protect)* significa impedir que terceiros prejudiquem os direitos enunciados, obstaculizando seu exercício de maneira direta ou indireta.
- *Garantir (fulfil)* significa implantar até dar eficácia completa ao direito. Usualmente distinguem-se três tipos de obrigações nessa categoria:

(a) *facilitar* o exercício dos direitos *(facilitate)*. Trata-se de tomar medidas positivas para ajudar os particulares e as comunidades a exercerem os direitos enunciados;

(b) *promover* o exercício dos direitos *(promote)*, isto é, tomar medidas para cuidar que a importância do gozo dos direitos e das modalidades de sua realização seja objeto de informação e sensibilização adequadas, em especial nas zonas distantes ou desfavorecidas, ou entre as populações mais marginalizadas;

(c) *fornecer (provide)*.[5] Nesse terceiro caso, espera-se uma intervenção como último recurso, uma garantia em última instância dos direitos, especialmente quando as pessoas afetadas não podem, só com os meios de que dispõem, suprir suas necessidades. Isso permite obter, como complemento das obrigações supracitadas, uma verdadeira obrigação de resultado.

Todos, individualmente e entre os agentes sociais dos quais faz parte, partilham dessas obrigações na medida de suas competências e capacidades. Cabe aos agentes públicos garantir, especialmente pela lei e pela sanção pública, que as obrigações sejam assumidas.

DIREITOS, LIBERDADES E RESPONSABILIDADES

0.14. A Declaração emprega as noções de direitos e de liberdades sem fazer uma distinção fundamental entre elas, partindo do princípio de que as liberdades são também direitos, isto é, interesses e prerrogativas que, nos termos do respeito à dignidade humana, merecem proteção e fazem pesar obrigações e responsabilidades sobre terceiros. Dito isto, o apelo ao conceito de liberdade continua sendo essencial, pois ele traduz melhor a ideia da autonomia e da escolha das pessoas, sozinhas ou em grupo.

---

[5] A obrigação de fornecer em última instância (*provide*) frequentemente é traduzida pelo termo "garantir".

0.15. Deve-se observar, quanto a isso, que o estudo dos direitos culturais revela a existência de um vasto campo de liberdades e de responsabilidades. A aposta dos direitos culturais é garantir que as pessoas possam não apenas distanciar-se de uma referência cultural se assim desejarem, mas também desenvolver as múltiplas dimensões, conciliá-las, decidir, no ritmo e rumo de sua vida, aquelas que são mais importantes, aquelas a que se deve dar primazia. Cabe ao indivíduo conciliar suas diversas afiliações e encontrar a melhor articulação a ser dada aos diversos elementos que constituem sua identidade, por mais antinômicos que sejam *a priori*. O indivíduo, livre em suas escolhas, também deve assumir suas responsabilidades. Considerando que a identidade está no âmago das liberdades do sujeito, cabe a este, desde que possa e quanto possa, assumir ele mesmo a realização de seus direitos próprios e contribuir para a dos outros. Ao fazer isso, ele participa das responsabilidades que se tecem dentro das comunidades (a. 29 DUDH). Isso também é válido para os grupos, as comunidades, as organizações e as instituições que têm participação na responsabilidade em relação ao exercício dos direitos culturais e às condições que permitem ou favorecem esse exercício.

0.16. Na continuação do comentário, são detalhadas as obrigações sancionadas pelas normas legais e as responsabilidades que cabem a todos os cidadãos, da mesma forma que as instituições e organizações das quais eles participam em uma sociedade democrática. As responsabilidades têm ligação com a ética: elas são, ao mesmo tempo, a origem e a finalidade das obrigações legais, elas as esclarecem e permitem que progridam. Além das obrigações legais, as responsabilidades favorecem as iniciativas individuais e coletivas.

ARTIGO 1º
(PRINCÍPIOS FUNDAMENTAIS)

Os direitos enunciados na presente Declaração são essenciais para a dignidade humana; por esse motivo eles são parte integrante dos direitos humanos e devem ser interpretados segundo os princípios da universalidade, da indivisibilidade e da interdependência. Consequentemente:

a. estes direitos são garantidos sem discriminação especialmente de cor, sexo, idade, língua, religião, convicção, ascendência, origem nacional ou étnica, origem ou condição social, nascimento ou qualquer outra situação a partir da qual a pessoa componha sua identidade cultural;
b. ninguém deve ser penalizado ou discriminado, de maneira alguma, pelo fato de exercer ou não exercer os direitos enunciados na presente Declaração;
c. ninguém pode invocar estes direitos para prejudicar outro direito reconhecido na Declaração Universal ou em outros instrumentos relativos aos direitos humanos;
d. o exercício destes direitos não pode sofrer outras limitações além das previstas nos instrumentos internacionais referentes aos direitos humanos; nenhuma disposição da presente Declaração pode prejudicar direitos mais favoráveis atribuídos em virtude da legislação e da prática de um Estado ou do direito internacional;
e. a implementação efetiva de um direito humano implica levar em conta sua adequação cultural no âmbito dos princípios fundamentais acima enunciados.

1.1. *Os três princípios fundamentais* são estabelecidos desde o início. Uma vez que os direitos culturais são direitos humanos em sua totalidade, é de acordo com os princípios comuns de universalidade, indivisibilidade e interdependência que eles são compreendidos e devem ser interpretados na Declaração. Inscrevendo-se no sistema mais amplo de proteção internacional dos direitos humanos, os direitos culturais devem ser interpretados em função dos *princípios próprios a esse sistema*.

1.2. *O princípio da universalidade.* Os direitos culturais são universais. Toda pessoa, individualmente ou em grupo, em qualquer lugar, seja qual for seu sexo, pertença ela a uma comunidade ou a outra, a uma maioria ou a uma minoria, é titular de direitos culturais. Compreender os direitos culturais como direitos humanos em sua totalidade permite aprofundar o conceito de universalidade, ao mesmo tempo de um ponto de vista teórico, pois se trata de pensar a universalidade na diversidade, estabelecendo os indispensáveis anteparos contra qualquer desvio relativista, e de um ponto de vista prático, pois levar em conta os direitos culturais garante uma melhor implementação dos outros direitos humanos para todos.

1.3. *Os princípios da indivisibilidade e da interdependência.* O princípio da indivisibilidade, que se encontra no fundamento do direito internacional dos direitos humanos, da mesma forma que o princípio da universalidade, infelizmente muitas vezes permaneceu no nível da intenção. Baseado na unicidade da pessoa e de sua dignidade, ele diz respeito à substância dos direitos. Significa que a pessoa é titular do conjunto dos direitos que garantem o respeito a sua dignidade. Indivisíveis na substância, os direitos também devem ser considerados como interdependentes em sua efetivação.

Para os direitos culturais, em particular, os princípios da indivisibilidade e da interdependência foram dramaticamente postos de lado: os direitos culturais, muitas vezes limitados a apenas alguns de seus aspectos (o acesso às artes, por exemplo) e não compreendidos em sua totalidade (a escolha e a expressão de identidades), são frequentemente considerados não prioritários em relação a outros direitos humanos. Entretanto, estudos cada vez mais numerosos demonstram que os direitos culturais não são nem mais nem menos prioritários do que os outros direitos humanos. Eles fazem parte de um sistema: atrasar a implementação dos direitos culturais é atrasar a implementação do todo.[1]

---

[1] Muitos documentos demonstram a pertinência dos direitos culturais para a paz, o desenvolvimento e a segurança humana. Ver especialmente o Relatório Mundial sobre o Desenvolvimento Humano 2004, *La Liberté culturelle dans un monde diversifié* (Paris: PNUD; Economica, 2004); o Relatório da Comissão Mundial da Cultura e do Desenvolvimento, *Notre Diversité créatrice* (UNESCO, 1995); os Relatórios Mundiais da UNESCO sobre a Cultura, 1998-2000; a *Declaração do México sobre as Políticas Culturais* (Cidade do México: Conferência Mundial sobre Políticas Culturais, 26 jul.-6 ago. 1982); e o *Plano de Ação sobre as Políticas Culturais para o Desenvolvimento* (Estocolmo: UNESCO, 30 mar.-2 abr. 1998). Uma Década Mundial de Desenvolvimento Cultural foi igualmente proclamada para os anos 1988-1997. Enfim, tanto a *Declaração Universal sobre a Diversidade Cultural* quanto a *Convenção sobre a Proteção e Promoção da Diversidade das Expressões Culturais* enfatizam que a diversidade cultural é necessária para a procura de um desenvolvimento duradouro.

Os direitos culturais também são indivisíveis entre si. É necessária uma leitura do conjunto da Declaração. Não se pode, por exemplo, reconhecer a liberdade das pessoas para exercer suas próprias práticas culturais sem que lhes seja reconhecida a liberdade de escolher sua identidade cultural, individualmente ou em grupo.

1.4. Desses três princípios fundamentais do direito internacional dos direitos humanos, decorre um conjunto de regras, enumeradas nas alíneas de "a" a "e", que devem ser sempre respeitadas quando se aborda a questão dos direitos culturais. Essas regras não são novas. Pertinentes e incontornáveis para a interpretação dos direitos humanos, elas, entretanto, merecem ser aqui lembradas e explicitadas.

Letra a. Os direitos culturais garantidos sem discriminação

1.5. *O princípio da não discriminação* está intimamente ligado ao princípio da universalidade. Ele postula a proibição de diferenciações arbitrárias no gozo e exercício dos direitos culturais, baseadas especialmente nos motivos enumerados. O princípio da não discriminação, portanto, não exclui toda diferenciação, desde que esta não seja arbitrária, isto é, que ela seja razoável e permaneça proporcional a um objetivo legítimo. Discriminar é tratar, arbitrariamente, de modo diferente duas pessoas em igual situação ou do mesmo modo duas pessoas em situações diferentes. De fato, numerosos órgãos de proteção dos direitos humanos estimam que o princípio da não discriminação inclui uma obrigação de levar em consideração as situações diferentes em que se encontram as pessoas.[2]

1.6. A complexidade desse princípio é importante quando se aborda a questão de saber o que constitui ou não uma situação igual ou diferente, e de identificar o que é uma diferença pertinente que deva ser levada em consideração. A aplicação aos direitos culturais do princípio da não discriminação, em toda a sua amplitude e seu significado, é essencial e abre inúmeros horizontes: esse princípio permite estabelecer o postulado segundo o qual toda pessoa deve poder exercer seus direitos culturais em relação a sua própria cultura, e permite ainda enfatizar que a identidade

---

[2] Ver, em especial, CDH, Observação Geral 18 (1989) *sobre o princípio da não discriminação*, §8. Ver também CEDH, *Thlimmenos c. Grécia*, petição n. 34369/97, decreto de 6 de abril de 2000, §44.

cultural de uma pessoa pode constituir, em determinadas circunstâncias, um elemento que a diferencia das demais. Ao obrigar a considerar todas as culturas como dignas do mesmo respeito, ele convida os Estados a levar em conta a diversidade cultural em suas políticas, leis e regulamentos nacionais, quando isso for necessário, para o respeito e a implementação dos direitos de todos, notadamente dos direitos culturais. Além disso, medidas especiais que visem garantir a implantação concreta dos direitos culturais de pessoas que pertencem a determinados grupos vulneráveis podem ser autorizadas.

1.7. São mencionados na alínea a os motivos de diferenciação já proibidos pelo direito internacional. A lista não é exaustiva, como indica o termo "especialmente". São citados os motivos mais pertinentes do ponto de vista dos direitos culturais: cor, sexo, idade, língua, religião, convicções pessoais, ascendência, origem nacional ou étnica, origem ou condição social ou, ainda, nascimento. O final do dispositivo também esclarece que a discriminação é proibida com base em "qualquer outra situação a partir da qual a pessoa componha sua identidade cultural". Como no art. 2º (b), a pessoa está no centro da definição de sua própria identidade cultural.

a. Deve-se ressaltar a proibição da discriminação baseada no sexo. As mulheres participam, com os homens, da definição das identidades comuns e permanecem livres, individualmente, para se referirem ou não a uma ou mais comunidades culturais, e para modificarem essa escolha. Elas têm o direito de escolher e de ver respeitada sua identidade cultural, de participar e de ter acesso à vida cultural. Elas têm direito à educação e à informação, e de participar do desenvolvimento de comunidades das quais elas são membros, assim como os homens.[3]

b. A inserção do motivo ligado à idade também é muito importante. Todas as pessoas gozam dos direitos culturais enunciados, inclusive os idosos e as crianças. Especialmente para estas, sua condição de menores não pode

---

[3] A *Convenção sobre a Eliminação de Todas as Formas de Discriminação contra as Mulheres* afirma, em seu art. 5º, que "os Estados participantes tomam todas as medidas apropriadas para: (a) Modificar os esquemas e modelos de comportamento sociocultural do homem e da mulher com vista a alcançar a eliminação dos preconceitos e das práticas costumeiras, ou de qualquer outro tipo, que sejam fundadas na ideia de inferioridade ou de superioridade de um ou do outro sexo ou de um papel estereotipado de homens e mulheres" (§22). O *Protocolo à Carta Africana dos Direitos do Homem e dos Povos sobre os Direitos da Mulher* inclui um dispositivo similar ao art. 2º (2): "Os Estados se comprometem a modificar os esquemas e modelos de comportamento socioculturais da mulher e do homem [...], com vista a alcançar a eliminação de todas as práticas culturais e tradicionais nefastas e quaisquer outras práticas fundadas na inferioridade ou superioridade de um ou do outro sexo [...]".

impedi-las de escolher e ver respeitada sua própria identidade cultural, de se relacionar ou não com uma ou mais comunidades culturais, e de modificar essa escolha no âmbito dos princípios enumerados na Convenção sobre os Direitos da Criança ou, ainda, na Carta Africana dos Direitos e do Bem-Estar da Criança.

c. A proibição da discriminação baseada na origem ou na condição social lembra a importância da realização dos direitos culturais dos mais pobres. É de novo questionada a ideia, bastante persistente, segundo a qual a realização dos direitos culturais dos mais desfavorecidos pode ser adiada para mais tarde, depois daquela, julgada prioritária, dos direitos econômicos e sociais. Os direitos culturais devem ser parte integrante das estratégias de luta contra a pobreza, como foi fortemente demonstrado pelos movimentos que lutam pelos direitos das pessoas em situação de pobreza, bem como pelo Relatório Mundial sobre o Desenvolvimento Humano, *La Liberté culturelle dans un monde diversifié [A liberdade cultural num mundo diversificado]*.[4]

d. A lista dos motivos enumerados na alínea a não contém referências à "raça". Este termo foi excluído propositalmente da Declaração, para evitar a legitimação de teorias que pretendem reconhecer a existência de raças humanas distintas, teorias rejeitadas pela Declaração de Durban.[5] Essa exclusão, entretanto, não significa que discriminações fundadas no fato de pertencer a uma "pretensa raça" sejam legítimas de acordo com a Declaração. A Declaração proíbe outros motivos de discriminação, tais como cor, origem nacional ou étnica, ou, ainda, ascendência, que iriam permitir identificar a discriminação fundada em uma "pretensa raça".

1.8. Especial atenção deve ser dada às discriminações múltiplas, pois, se a interdependência das liberdades é o fator de realização da dignidade, a interdependência das violações é causa de miséria e violência. As violações dos direitos culturais ocupam um lugar importante no encadeamento das discriminações, pois os motivos de discriminação são construções culturais que convém desconstruir: as discriminações segundo idade, deficiência,

---

[4] *Relatório Mundial sobre o Desenvolvimento Humano* 2004, *La Liberté culturelle dans un monde diversifié* (Paris: pnud; Economica, 2004). [Disponível em língua portuguesa em: <http://www.pnud.org.br/HDR/Relatorios-Desenvolvimento-Humano-Globais.aspx?indiceAccordion=2&li=li_RDHGlobais>.]; Joseph Wresinski, *Culture et grande pauvreté* (Paris: Quart Monde, 2001. 48 pp. Cahiers Wresinski n. 7).

[5] *Declaração da Conferência Mundial contra o Racismo, a Discriminação Racial, a Xenofobia e a Intolerância Correlata*, 2001, §7.

gênero, manifestam desprezo, não só pelas vítimas, mas também por aquilo que elas deveriam trazer para a riqueza do tecido social.

Letra b. Os direitos culturais são também liberdades

1.9. O princípio enunciado na alínea b está fortemente ligado ao princípio da livre escolha das identidades culturais e completa o princípio de não discriminação. Nem o Estado, nem a ou as comunidades a que pertence, nem terceiros, podem obrigar uma pessoa a se determinar ou a se expressar de uma maneira ou outra, e a exercer ou não os direitos culturais enunciados na Declaração. Uma pessoa não pode ser obrigada a fazer parte de uma comunidade, a utilizar sua língua materna, a seguir um modo de vida tradicional ou, ainda, por exemplo, a participar do desenvolvimento cultural das comunidades das quais é membro. As escolhas que a pessoa faz nesse campo não podem legitimar sanções ou discriminações em relação a ela.[6]

Os termos escolhidos são fortes ("ninguém deve") e não deixam espaço para qualquer exceção. Trata-se de uma disposição absolutamente fundamental, já bem reconhecida no direito material, notadamente no campo dos direitos das pessoas que fazem parte de uma minoria.[7]

Contudo, o indivíduo é um ser responsável por suas escolhas. Assim, o que é proibido é o sofrimento ou a discriminação sofrida por uma pessoa pelo fato de ela escolher exercer ou não exercer seus direitos culturais, não uma simples desvantagem ou uma distinção legítima. Uma pessoa que escolhe não pertencer mais a uma comunidade, por exemplo, a uma comunidade religiosa, poderá deixar de se beneficiar de eventuais vantagens ligadas ao fato de pertencer a essa comunidade, por exemplo, no que se refere à participação na realização de certos ritos.

Letra c. A proibição de prejudicar algum outro direito do homem

1.10. Levar em consideração os princípios da indivisibilidade e da interdependência dos direitos resulta em aceitar que sejam impostos limites a seu

---

[6] Nesse sentido, ver cdesc, Observação Geral 21, §22: "Ninguém deve sofrer discriminação por ter escolhido pertencer ou não pertencer a uma comunidade ou a um determinado grupo cultural, ou exercer ou não exercer uma determinada atividade cultural".

[7] Ver *Declaração sobre os Direitos das Pessoas Pertencentes a Minorias* (DDPM), 1992, art. 3º; *Convenção Quadro para a Proteção das Minorias Nacionais* (CPMN), art. 3º; *Declaração dos Direitos dos Povos Indígenas* (DDPI), 2007, art. 9º.

exercício, jamais à sua substância, e a considerar que um direito só pode ser interpretado com respeito a outros direitos. Esse princípio-chave é extraído de numerosos dispositivos internacionais, tais como o artigo-chave 29 da DUDH, em virtude do qual podem ser estabelecidas limitações ao exercício dos direitos "com o fim de assegurar o devido reconhecimento e respeito aos direitos e às liberdades de outrem, e de satisfazer as justas exigências da moral, da ordem pública e do bem-estar de uma sociedade democrática".

É impossível, usando o pretexto dos direitos culturais enumerados na Declaração, invocar uma tradição, uma cultura, uma identidade cultural individual ou coletiva para legitimar a violação dos direitos humanos, como, por exemplo, a liberdade de pensamento, de consciência e de culto, o direito à saúde e a proibição da tortura e dos tratamentos cruéis, desumanos ou degradantes, o direito de não ser discriminado, a liberdade de se casar com a pessoa de sua escolha ou, ainda, o direito à educação e à informação. Os direitos culturais enunciados não podem justificar limitações mais amplas aos direitos humanos do que aquelas autorizadas em virtude do direito internacional.

1.11. Novamente, os termos escolhidos são fortes ("ninguém") e não deixam espaço para nenhuma exceção. Em compensação, esse princípio não obstaculiza a profunda lógica do reconhecimento da diversidade e dos direitos culturais, que obriga as sociedades a lançar um novo olhar sobre seus valores comuns, a questioná-los, e a adaptar as regras da vida em comum à diversidade das identidades. O desafio é aplicar as normas universais relativas aos direitos humanos em um contexto culturalmente diferenciado, de adaptá-las a esse contexto, sem questionar sua essência.

Letra d. O regime das limitações ao exercício dos direitos culturais

1.12. As liberdades se completam e se valorizam mutuamente, em conformidade com os princípios da indivisibilidade e da interdependência. Mais do que traçar os limites dos direitos uns em relação aos outros, a questão é muito mais encontrar sua articulação comum e as possibilidades de seu enriquecimento mútuo. Se o limite pode ser compreendido como uma eventual restrição material, na realidade ele está a serviço de um desenvolvimento de liberdades para uma melhor "definição" ou inserção no conjunto dos direitos humanos. Uma liberdade isolada fica mal definida;

sua coerência exige que ela seja interpretada com as outras liberdades que a completam e as responsabilidades que a garantem.

1.13. Como o art. 29 da Declaração Universal ressalta, se o exercício dos direitos pode ser limitado, determinadas condições essenciais devem ser respeitadas. O exercício dos direitos culturais não pode sofrer outras limitações além daquelas determinadas em lei, e que são necessárias para a proteção das liberdades e dos direitos fundamentais de outrem em uma sociedade democrática. A limitação deve ser proporcional ao objetivo almejado. Outros motivos para restrições, tais como a proteção da saúde e da ordem pública, também podem ser considerados, desde que sejam enumerados, por outro lado, em disposições internacionais que possam servir de fundamento para os direitos culturais, ou que lhes sejam aparentados. Sob esse aspecto, pode-se citar as cláusulas relativas à liberdade de manifestar sua religião ou a liberdade de expressão.[8]

1.14. Restrições ao exercício de uma liberdade não podem, em caso nenhum, referir-se a um direito considerado como não passível de limitação em virtude de instrumentos internacionais relativos aos direitos humanos, nem ser aplicadas ou invocadas de uma maneira que possa prejudicar a própria essência de um direito enunciado na Declaração e que possa esvaziar seu conteúdo. Assim, o exercício de certas liberdades culturais, quando elas amparam ou têm como fundamento liberdades não passíveis de limitações no direito material, não poderá sofrer restrições. É o caso, especialmente, das liberdades de referência a comunidades culturais e a escolha de uma identidade cultural, fortemente aparentadas às liberdades de opinião, de pensamento, de consciência e de religião.[9]

A alínea d contém, por outro lado, uma cláusula de ajuste frequentemente inserida nos instrumentos internacionais relativos aos direitos humanos (por exemplo, o art. 5º, comum aos dois Pactos Internacionais), em virtude da qual a Declaração não pode ser utilizada para recolocar em questão direitos já reconhecidos em outras partes, nas cenas nacionais ou internacionais.

---

[8] Nesse sentido, ver CDESC, Observação Geral 21, §19.
[9] Em virtude do art. 18 do PIDCP, somente a liberdade de "manifestar" sua religião é suscetível de limitação. Ver também CDESC, Observação Geral 21, §19.

Letra e. A adequação cultural

1.15. A ideia expressa na alínea e é complementar dos princípios de universalidade, indivisibilidade e interdependência, e faz referência à existência de uma dimensão cultural dos direitos humanos. Ela é, de fato, uma manifestação do princípio da não discriminação que convida a considerar, quando for pertinente, as diversas identidades culturais, e demanda uma implementação dos direitos adaptada ao contexto cultural no qual se inscreve. Vários órgãos de controle já ressaltaram a importância de implantar os direitos humanos, por exemplo, o direito à saúde ou à alimentação, de maneira adequada no plano cultural, isto é, de uma maneira que respeite os direitos culturais das pessoas afetadas.[10] É uma questão não apenas de efetividade dos direitos, mas também de respeito à dignidade humana. Cada vez que o adjetivo "adequado" pode qualificar o objeto de um direito humano (alimentação, habitação, cuidados pessoais, informação... adequados), isso significa que o objeto é realmente acessível ao sujeito, legitimamente apropriável por ele, segundo as diferentes dimensões da adequação: econômica, social e cultural.[11]

1.16. A universalidade é o contrário da padronização, ela é uma invenção, renovada sem cessar pelos próprios sujeitos, uma apropriação pela utilização de recursos diversificados. É preciso observar, aqui, os dois sentidos da apropriação:
- *lógico*: a interpretação de um direito é apropriada, ao mesmo tempo, ao valor universal de um direito *e ao* contexto (é a legitimidade, ou aceitabilidade, sem a qual não há direitos humanos, inclusive a adaptabilidade às especificidades do meio);
- *ativo*: a interpretação do direito é apropriada *pelo* sujeito: o sujeito é o agente da realização de seus direitos e reconhece como seus os valores que lhes estão vinculados e os meios que estão em jogo para realizá-los.

A apropriação é outra maneira de designar a dimensão cultural da "adequação", ou adequação cultural. Esta pode, então, ser definida como uma correspondência entre as capacidades do sujeito e os recursos cultu-

---

[10] Ver as Observações Gerais do Comitê de Direitos Econômicos, Sociais e Culturais, especialmente as Observações Gerais 12 (1999) *sobre o direito a uma alimentação suficiente* (art. 11 do Pacto), §8, §11; 14 (2000) *sobre o direito ao melhor estado de saúde que se possa alcançar* (art. 12 do Pacto), §12 (c); 15 (2002) *sobre o direito à água* (art.11 e 12 do Pacto), §12 (a) (i) e 11. Ver principalmente a Observação Geral 21, §16 e.
[11] Ver Relatório Mundial da UNESCO, *Investir dans la Diversité culturelle et le dialogue interculturel* (UNESCO, 2009), cap. 8, p. 240, que contém uma referência à reflexão do Grupo de Friburgo sobre esse ponto.

rais presentes (por exemplo, capacidade para encontrar e ler livros, para frequentar e para aproveitar uma escola, para compreender uma tradição religiosa, para utilizar uma instituição e fazê-la viver, para habitar de maneira plena e criativa uma casa, uma aldeia ou uma cidade etc.) (9.15).

1.17. A determinação enunciada no parágrafo e deve ser lida, principalmente, em conjunto com o art. 8º da Declaração, relativo à participação. De fato, e esse ponto emerge com frequência no direito material hoje, a consulta a pessoas e a comunidades, sua participação nas tomadas das decisões que as afetem, constituem um princípio do direito internacional dos direitos humanos. Este permite implantar esses direitos de uma maneira adequada e aceitável no plano cultural. É esclarecido que esse cuidado na implantação deve efetuar-se no âmbito dos princípios fundamentais enumerados nas alíneas a a e.

ARTIGO 2º
(DEFINIÇÕES)

Para a finalidade da presente Declaração,
a. o termo "cultura" abrange os valores, as crenças, as convicções, as línguas, os saberes e as artes, as tradições, instituições e modos de vida através dos quais uma pessoa ou um grupo expressa sua humanidade e o significado que ela ou ele dá a sua existência e a seu desenvolvimento;
b. compreende-se a expressão "identidade cultural" como o conjunto de referências culturais pelo qual uma pessoa, individualmente ou em grupo, se define, se constitui, se comunica e pretende ser reconhecida em sua dignidade;
c. compreende-se por "comunidade cultural" um grupo de pessoas que compartilham referências constitutivas de uma identidade cultural comum que elas pretendem preservar e desenvolver.

2.1. O objetivo das três definições articuladas em sequência lógica, todas centradas na pessoa humana — cultura, identidade cultural, comunidade cultural —, é determinar o alcance da Declaração.

Letra a. "Cultura"

2.2. Ninguém pode inserir o termo cultura em uma definição que forneça sua essência, mas, da mesma forma que não se esperou definir o homem para estabelecer os direitos humanos, precisamos, aqui, somente de uma definição "nominal", isto é, não exaustiva, e que se limite a indicar o sentido mais adequado para definir os direitos culturais. Podemos definir *a* cultura enquanto atividade geral ou aplicada a um setor (a cultura de...) e *uma* cultura enquanto meio composto, constituído por uma diversidade de referências culturais mais ou menos combinadas em um espaço e em uma duração difíceis de circunscrever. Três características especificam a noção de cultura utilizada aqui.
a. *Um sentido amplo.* A definição que usualmente serve de referência é a da Conferência Mundial do México sobre as Políticas Culturais (1982),

retomada essencialmente na *Declaração Universal sobre a Diversidade Cultural*, de 2001: "*Reafirmando* que a cultura deve ser considerada como o conjunto dos aspectos distintivos espirituais e materiais, intelectuais e afetivos que caracterizam uma sociedade ou grupo social, e que ela engloba, além das artes e das letras, os modos de vida, as maneiras de viver em conjunto, os sistemas de valores, as tradições e as crenças".[1] Trata-se, aqui, da cultura de um grupo ou de uma sociedade, ou seja, de um meio cultural, de *uma* cultura sempre singular. A enumeração dos componentes desse meio é indicativa, não exaustiva.

b. *Um sentido básico*. As referências culturais constituem a fonte de toda identificação, pessoal e comum. Assim, queremos evitar as enumerações do tipo "artístico, linguístico, religioso... e cultural", o que transforma o cultural em um remanescente. Uma atividade é cultural desde que, não se reduzindo a uma produção, ela seja "portadora de identidades, de valores e de sentido". Por exemplo, a dimensão cultural do direito ao trabalho designa seu valor de liberdade e de criação. É assim que o esclarecimento da dimensão cultural de cada direito humano reforça a compreensão de sua profundidade, de sua ligação com a dignidade e de sua indivisibilidade.

c. *Um sentido personalista*. Se a definição do México tem a vantagem de propor um sentido amplo, ela conserva um defeito essencial: ela não menciona o indivíduo, criador de cultura, e não apresenta uma cultura como um resultado relativo de ações compostas. Considerar as culturas como grandes conjuntos comparáveis é o mesmo que expor-se ao logro dos coletivos fechados e dos amálgamas, e a deixar em silêncio as liberdades e criatividades tanto individuais quanto coletivas, bem como as grandes contradições que são a vida de qualquer pessoa e de qualquer comunidade cultural.[2] A definição proposta na Declaração também remete a pessoa e o grupo ao centro; assim, ela pode ser, ao mesmo tempo, ampla e operacional.[3]

2.3. O termo "cultura" *não tem consistência suficiente para designar uma unidade sociológica ou histórica*; no nível individual, como no nível coletivo, ele pode apenas significar um momento provisório em um processo de identi-

---

[1] DUDC, 4º *considerando*. A definição do México começava por: "em seu sentido mais amplo, a cultura pode, hoje, ser considerada..."; ela mencionava, por outro lado, "os direitos fundamentais do ser humano", expressão substituída aqui por "as maneiras de viver em conjunto", Conferência Mundial sobre as Políticas Culturais, relatório final (Paris: UNESCO, clt/md/1, nov. 1982).

[2] Uma crítica semelhante encontra-se no *Relatório Mundial sobre o Desenvolvimento Humano*, 2004, *La Liberté culturelle dans un monde diversifié*, op. cit., pp. 2 ss. [Disponível em língua portuguesa em: <http://www.pnud.org.br/HDR/Relatorios-Desenvolvimento-Humano-Globais.aspx?indiceAccordion=2&li=li_RDHGlobais>.]

[3] Ver CDESC, Observação Geral 21, §13, que procede à mesma abordagem sobre esse ponto.

ficação jamais concluído: um meio composto, em parte aleatório, de obras e costumes portadores de saberes cuja coerência é mais ou menos bem-sucedida, sempre em decomposição e recomposição. Por conseguinte, uma cultura não designa um conjunto de "aspectos distintivos" de um grupo ou de um indivíduo, conforme a expressão empregada na definição do México, mas sim um conjunto de resultados provisórios de suas ações, que, certamente, inscreve-se em uma história e condiciona as maneiras presentes de agir, mas não as determina, salvo se seus direitos são ridicularizados. Entretanto, o caráter mal delimitado de *uma* cultura, designando na realidade um meio cultural, não impede que esse meio seja mais ou menos rico em obras (valores, crenças, convicções, línguas, saberes e artes, tradições, instituições e modos de vida) que servem como *referências* para a vida cotidiana. As referências culturais não são simples componentes que seriam acrescentados às chamadas necessidades "primárias": elas são portadoras do sentido que unifica o conjunto das atividades humanas. Uma referência a uma obra é a maneira como uma pessoa, individualmente ou em grupo, se apropria dessa obra, como um dos recursos a partir dos quais ela constitui sua identidade.

Letra b. "Identidade cultural"

2.4. A identidade cultural é *o objeto comum — ou a substância comum — de todos os direitos culturais*. Ela deve ser entendida não como uma barreira, mas como um local de comunicação e de abertura, no cerne da dignidade humana. A identidade é *própria* do sujeito, ela lhe pertence. Seu não respeito é uma violação da integridade do ser humano e torna impossível o exercício efetivo de outros direitos humanos. Esse objeto comum aos direitos culturais justifica seu caráter fundamental dentre os direitos humanos. O indivíduo não está isolado, nem está ao lado de outro; ele é um nó e um tecelão do tecido social, sua identidade é seu lugar e seu meio de desenvolvimento pessoal e de comunicação com os outros. Nesse sentido, a identidade é um "nó de capacidades" que permite ao sujeito lançar mão dos recursos culturais, apropriar-se deles e torná-los suas próprias referências culturais; ele também pode contribuir para a valorização desses recursos. O indivíduo que exerce livremente sua capacidade de identificação também é um fator de identificação para os outros e para a sociedade: ele contribui para o reconhecimento dos agentes sociais e de suas responsabilidades *culturais*.

A identidade é cultural, pois é o resultado de um trabalho permanente de pesquisa de sentido e de comunicação. O gozo dos direitos, liberdades e responsabilidades culturais significa que esse processo deve poder ser assumido livremente por todos na diversidade de referências, e não ser imposto por alguma determinação coletiva.

2.5. A identificação é um processo de escolha complexo e permanente, que, tocando o mais profundo da intimidade da pessoa e de sua história, bem como aquela das comunidades a que a pessoa se refere, não é um ato trivial que consistiria em simplesmente escolher referências em um supermercado da cultura. Pode-se analisar esse processo de múltiplas maneiras, especialmente segundo quatro oposições dialéticas.

a. *Universal — particular*. O processo de identificação é feito não somente como referência a valores particulares, mas também universais. Se se afirma a identidade como um direito à diferença, sem indicar a outra face, a semelhança, não se compreende mais a dimensão universal da identidade: a capacidade de se reconhecer livremente ligado a outrem, com referências comuns a toda a condição humana.

A identidade é singular, realizando o universal de maneira particular.

b. *Unidade — diversidade*. A identidade designa uma unidade (um ser) que se constitui a partir de um plural, por um movimento de vaivém, de integração, mas também de rejeição. Em oposição a concepções uniformes e fragmentadas, a combinação de diversificação e coesão permite, pelo contrário, traçar um tecido social diversificado e livre, ao mesmo tempo sendo sólido, pois *uma identificação é uma criação de vínculos*.

A identidade é rica, integrando uma grande diversidade.

c. *Pessoa — comunidades*. A identidade é a interface entre o pessoal e o comunitário. A pessoa não está isolada; sua individualidade mais original se exprime na medida em que ela se situa "em face" de outrem (quem quer que seja, indivíduo ou comunidade); ela se desenvolve em referência a diversos grupos e comunidades.

A identidade é apropriada e aberta, vivida como livre pluriparticipação em comunidades diversas.

d. *Passado* (obras) — *futuro* (projetos). A identidade é o que permite que as pessoas se construam apoiando-se no que já está constituído, nas obras já existentes. Assim, a identidade cultural é fruto de um processo permanente de referência a obras, de um lado, de criação e interpretação dessas obras, do outro.

A identidade é um processo permanente de escolhas e vínculos.

2.6. *Individualmente ou em grupo*. A identidade cultural diz respeito tanto a pessoas quanto a comunidades variadas, mas isso não significa que os direitos reconhecidos na Declaração sejam individuais *e* coletivos ao mesmo nível. Os autores travaram muitas discussões sobre a questão dos direitos culturais individuais e coletivos, mas chegaram à conclusão de que "toda pessoa, individualmente ou em grupo"[4] significa uma dupla afirmação.
- O sujeito é a pessoa *incondicionalmente*, mas para realizar seus direitos ela pode reivindicar sua participação em uma ou mais comunidades, grupos ou coletivos instituídos.
- Uma comunidade pode ser um espaço precioso, até mesmo necessário, para o exercício dos direitos, liberdades e responsabilidades e merece proteção. A implementação dos direitos do indivíduo implica a realização de determinados direitos coletivos, mas a legitimidade destes deve estar condicionada ao respeito e ao prosseguimento da implementação dos direitos da pessoa (art. 4º).

Os dois termos da expressão "individualmente ou em grupo" são, portanto, igualmente importantes, embora assimétricos. Se os direitos fossem indiferentemente individuais e coletivos, haveria o risco de as coletividades se afirmarem em detrimento dos direitos e das liberdades individuais. A assimetria significa que as pessoas e as comunidades se desenvolvem mutuamente, mas em níveis diferentes. As liberdades culturais se exercem individual ou coletivamente dentro de grupos ou em face deles. As comunidades que compõem o tecido social são essenciais para a realização dos direitos culturais, mas, do ponto de vista dos direitos humanos, o exercício, por elas, dos direitos coletivos só é legítimo quando visa, e respeita, a realização dos direitos de todas as pessoas.

Se essa relação pessoa/comunidade pode ser verificada para todos os direitos humanos, os direitos culturais, enquanto direitos de participar dos recursos culturais comuns, a explicitam e a valorizam.[5]

---

[4] A expressão é inspirada pela DUDH, art. 17, sobre o direito à propriedade: "Todo ser humano, tanto isoladamente quanto em uma coletividade, tem direito à propriedade". A expressão "individualmente ou em comum" também é utilizada para o direito à liberdade de expressão, de consciência e de religião, PIDCP, art. 18; o art. 27 do mesmo Pacto enuncia que "as pessoas que pertencem a essas minorias não podem ser privadas do direito de ter, em comum com os outros membros de seu grupo, sua própria vida cultural, de praticar e professar sua própria religião, ou de empregar sua própria língua".
[5] Nesse ponto, o CDESC, Observação Geral 21, §9, considerou que "os direitos culturais podem ser exercidos por uma pessoa a) enquanto um indivíduo, b) em associação com outros ou c) dentro de uma comunidade ou de um grupo".

Letra c. "Comunidade cultural"

2.7. A primazia do direito da pessoa não nega que toda pessoa tenha a necessidade de se desenvolver e que a possibilidade para ela de exercer suas liberdades, direitos e responsabilidades culturais são condicionadas por um "dom de cultura" — referências culturais apropriadas e transmitidas graças, especialmente, às comunidades. O exercício dos direitos culturais implica a consideração e o respeito às comunidades culturais como locais de interação, de criação, de crítica e de transmissão de saberes.[6]

2.8. A expressão "comunidades culturais" designa corpos sociais de naturezas extremamente diversas que são mais do que associações de caráter cultural. Com demasiada frequência existe um vazio político entre as simples associações e as comunidades reduzidas a uma dimensão étnica. Trata-se de designar as diversas comunidades cuja função principal é serem detentoras e criadoras de cultura e cuja trama constitui a riqueza cultural das sociedades civis e dos povos.[7] Enquanto cultural, uma comunidade é portadora de sentido: ela é construída, plural, evolutiva, relativa às pessoas que se reconhecem nela e hospitaleira para as pessoas que se interessam por ela. Essa relatividade não é seu ponto fraco, ela é a condição de sua extrema importância no tecido social. *Uma comunidade é uma obra provisória nas mãos de pessoas presentes, um patrimônio vivo que pode ser transmitido, algumas vezes por numerosas gerações.*

2.9. As referências culturais que as pessoas consideram como seu bem comum também têm a função de identificadoras dessa comunidade. O identificador, portanto, não é um marcador portado pelas pessoas, são as próprias pessoas, pelo contrário, que identificam um objeto apropriado. Essas referências podem abarcar, por exemplo, uma língua, um território ou habitat (comunidade local, regional, nacional), uma religião ou visão de mundo (*Weltanschaung*), um saber incluindo uma abordagem específica da natureza e/ou da sociedade, uma prática incluindo um modo de vida (comunidade de pensamento, de vida, comunidade profissional). Está-se

---

[6] Ibid., §74: "As comunidades e as associações culturais desempenham um papel fundamental na promoção do direito de todos de participar da vida cultural nos níveis local e nacional, cooperando especialmente com os Estados participantes na execução das obrigações que lhes incumbem em virtude do §1 a do art. 15".

[7] DUDH, art. 27: "Toda pessoa tem o direito de participar livremente da vida cultural da comunidade". O entendimento frequente é que se trata da comunidade nacional, mas uma interpretação mais geral é hoje largamente aceita.

em presença de um contínuo que vai da comunidade cultural forte (vários fatores determinantes interferem para qualificar uma identidade cultural muito abrangente para a personalidade) até a comunidade cultural muito parcial para a personalidade, que deixa mais lugar para referências a outras comunidades. Mais ou menos abrangente, uma comunidade cultural só respeita os direitos culturais se ela permite a interferência, isto é, a referência a comunidades cruzadas (art. 4º).

Enfim, uma vez que a identificação é considerada aqui como um processo que está ligado à vontade de seus membros, a ponderação dos identificadores pode variar segundo o tempo, as situações geográficas e as pessoas. Essa flutuação e essa liberdade de interpretação e de adaptação não contradizem a continuidade de um legado e de uma tradição; pelo contrário, elas são a condição de sua vitalidade e de sua humanidade.

2.10. Os critérios que permitem definir uma comunidade cultural em um espaço respeitador dos direitos culturais podem ser descritos da seguinte maneira:

a. *Um conjunto comum de referências*. As referências culturais que as pessoas reconhecem ter em comum contribuem para sua identidade cultural. O fato de a identidade apoiar-se em múltiplas referências não exclui, de modo algum, a possibilidade que tem cada um de se referir a várias comunidades ao mesmo tempo (familiar, profissional, religiosa, artística...) (art. 4º).

b. *Um patrimônio*. Uma comunidade comporta um aspecto "objetivo", identificável em um espaço público: ela não depende apenas da decisão voluntária atual daqueles que se referem a ela, mas implica uma parcela de anterioridade e de tradição. As referências culturais compõem o patrimônio de uma pessoa, bem como de uma comunidade;[8] elas estão relacionadas a uma lógica patrimonial, isso significa que elas têm uma duração e uma consistência que, sem estar ao abrigo da crítica livre, implicam um começo de conhecimento e de consideração.

c. *Um patrimônio declarado*. Se a comunidade não depende exclusivamente da decisão voluntária daqueles que se referem a ela, a vontade dos membros de preservar e de desenvolver essas "referências componentes de uma identidade cultural comum", eventualmente através de gerações,

---

[8] Ver a *Convenção Quadro Relativa ao Valor do Patrimônio Cultural para a Sociedade,* chamada Convenção de Faro, adotada pelo Conselho da Europa em 27 de outubro de 2005 e de cuja redação participaram vários membros do nosso grupo. Lá encontra-se a seguinte definição: "Uma comunidade patrimonial é composta por pessoas que valorizam determinados aspectos do patrimônio cultural, que desejam, através da iniciativa pública, manter e transmitir às gerações futuras" (art. 2º, alínea b). Também se pode falar de "comunidade epistêmica".

é essencial para a construção de uma comunidade e lhes permite exercer em comum sua subjetividade.[9] Uma comunidade declara explícita ou implicitamente (por sua ação) o patrimônio cultural que ela reconhece como fonte necessária de sua identificação e que ela pretende preservar e desenvolver; uma comunidade é reconhecida por seu compromisso a favor de valores nítidos, é o que faz com que ela emerja da confusão ao identificar uma subjetividade e uma responsabilidade comuns (definição dos valores, das estruturas, dos membros, bem como de seus direitos e deveres).

2.11. Uma comunidade não é definida nem por uma característica dominante que seria atribuída a seus membros, nem por uma situação majoritária ou minoritária, mas sim pelo bem comum — um conjunto de referências comuns — de que compartilham aqueles que se reconhecem nela. Permanece o fato de que a situação minoritária acentua os riscos de violações e as dificuldades, para as pessoas afetadas, de disporem da capacidade necessária para a realização de seus direitos. A situação minoritária tem uma influência sobre o respeito aos direitos culturais na medida em que ela induz a uma discriminação, a uma situação de comunidade *minorada*. Essa discriminação pode atingir também comunidades que são majoritárias por seu número, mas afastadas de cargos de responsabilidade e dos meios de acesso aos recursos culturais.

2.12. A dificuldade consiste em estabelecer a definição respeitando de novo dois polos, que correspondem a essa amplitude de um sujeito, ao mesmo tempo individual e em relação com obras que constituem o bem comum de grupos. Em outras palavras, *uma comunidade se define por características ao mesmo tempo subjetivas e objetivas*.
- Insistindo apenas nestas últimas, encontram-se comunidades culturais fechadas (com referências exclusivas), que se desenvolvem em detrimento das liberdades individuais.
- Insistindo, ao contrário, essencialmente na liberdade de aderir ou não a uma comunidade, característica subjetiva, ignora-se os dados reais: uma comunidade não é apenas uma associação, ela é constituída por um patrimônio cultural, uma tradição conservada e desenvolvida.

---

[9] Entenda-se por "subjetivo", na continuação do texto, o que se refere ao sujeito do direito, e por "subjetividade", a qualidade de ser sujeito.

2.13. Faz-se do pluralismo a condição de toda cultura democrática; está certo, mas não é suficiente. Uma sociedade não pode ser exclusivamente plural e contentar-se com uma coexistência pacífica, é preciso que, paralelamente, ela identifique os princípios que organizam essa pluralidade como uma riqueza interativa. Um grande número de polos de autoridade, cuja autonomia seja reconhecida, permite aumentar e variar as possibilidades de identificação e de liberdade de pessoas e de comunidades. Cada um desses poderes exerce sua autonomia, não para despedaçar a sociedade enquanto comunidades separadas, mas, pelo contrário, para contribuir eficazmente para a coesão do espaço público: plural e interativo. As comunidades culturais, por sua função e pelo fato de elas não serem justapostas, mas sim interativas e parcialmente sobreponíveis, são fatores essenciais do vínculo social de proximidade em todas as escalas da governança política.

2.14. Um povo é também uma malha de comunidades culturais. Sem o reconhecimento desses agentes culturais, a noção de povo fica arbitrariamente maleável, massa uniforme a ser dominada, ou fragmentação de grupos justapostos. Sem o reconhecimento da importância desses agentes culturais no espaço público, os direitos humanos permanecem abstratos e sua indivisibilidade é ininteligível.

ARTIGO 3º
(IDENTIDADE E PATRIMÔNIO CULTURAIS)

Toda pessoa, individualmente ou em grupo, tem o direito:
a. de escolher e de ver respeitada sua identidade cultural na diversidade de seus modos de expressão; este direito é exercido principalmente na conexão das liberdades de pensamento, de consciência, de religião, de opinião e de expressão;
b. de conhecer e de ver respeitada sua própria cultura, bem como as culturas que, em suas diversidades, constituem o patrimônio comum da humanidade; isso implica especialmente o direito ao conhecimento dos direitos humanos e das liberdades fundamentais, valores essenciais desse patrimônio;
c. de ter acesso, especialmente pelo exercício dos direitos à educação e à informação, aos patrimônios culturais que constituem a expressão de diferentes culturas, bem como dos recursos para as gerações presentes e futuras.

OBJETO DOS DIREITOS

3.1. A escolha e o respeito
àà sua identidade é um direito pessoal, mas sendo as referências comuns a numerosas pessoas, o exercício "individualmente ou em grupo" (2.6) desse direito implica o conhecimento e a proteção de obras sem as quais o processo permanente de identificação é impossível. Cabe ao sujeito decidir quais são as referências que ele julga necessárias, mas isso não exclui que ele tenha necessidade do reconhecimento e do apoio de pessoas e de instituições que lhe deem acesso às obras e lhe mostrem as dificuldades de interpretação.

3.2. Esse artigo contém três direitos que são como três vertentes da definição geral dos direitos culturais apresentada acima: (a) a escolha e o respeito à sua identidade é o direito de base que não pode ser exercido sem: (b) o conhecimento e o respeito à sua cultura e a outras culturas, e sem: (c) o acesso ao patrimônio. Os direitos culturais contidos nos arts. 4º e seguintes são a extensão necessária dessas primeiras disposições.

Letra a. Escolha e respeito à sua identidade cultural

3.3. Esse direito é colocado em primeiro lugar, pois ele exprime o objeto comum fundamental a todos os direitos culturais. É a liberdade de cada um para escolher (e ver respeitadas essas escolhas) suas referências culturais, como outros tantos recursos, para construir sua identidade ao longo de toda a vida e de expressá-la livremente. As referências não são simples modelos a imitar, mas, antes, saberes incorporados por pessoas, patrimônios vivos, contendo valores às vezes opostos e que demandam uma interpretação e uma apropriação. *É esse espaço de discussão inerente a todo patrimônio que constitui o principal recurso para uma identificação livre.* Toda pessoa deve ter condições de se situar em relação às oposições inerentes à condição humana, descritas sob a definição de identidade cultural (2.5).

3.4. O direito de escolher e de ver sua identidade cultural ser respeitada, que não é formulado como tal nos instrumentos internacionais, encontra-se protegido por vários direitos e liberdades bem conhecidos no direito internacional: trata-se, em especial, da liberdade de pensamento, de consciência, de religião, que compreende o direito de mudar de religião,[1] liberdades de opinião e de expressão, do direito de participar da vida cultural,[2] mas também do direito de não sofrer discriminação e do direito ao respeito à vida privada. Esses direitos e liberdades constituem uma "conexão de liberdades" (7.3), pois estão ligados por seu objeto comum, que está vinculado, de fato, ao cultural: a livre procura pelo saber e a livre determinação da relação com o mundo.

3.5. O direito de escolha e de ter sua identidade cultural respeitada não pode ser assegurado sem o desenvolvimento mútuo dessas liberdades do "foro interno", as que vêm do sujeito (pensamento, consciência, religião e convicção, opinião, vida privada), e do "foro externo", as que as alimentam e permitem a comunicação: as liberdades de expressão (art. 3º), de associação (art. 4º), de formação (art. 6º), de informação (art. 7º) e de participação política (art. 8º). É pela participação regular de todos os portadores de sa-

---

[1] DUDH, art. 18. Ver também Comitê dos Direitos Humanos, Observação Geral 22 (1993), *sobre a liberdade de pensamento, de consciência e de religião*, §5. Essa liberdade compreende igualmente a de não ter religião e a de determinar o que constitui uma religião. A liberdade religiosa não se restringe às "religiões oficiais"; os povos autóctones comprovam essa liberdade essencial para a coerência dinâmica de sua percepção do mundo.
[2] Assim, em sua Observação Geral 21, o CDESC considera que o direito de escolher a identidade cultural decorre do direito de participar da vida cultural; §49 a.

beres e de objetivos variados nos espaços públicos contraditórios que a cultura democrática, cultura de paz, se consolida e se desenvolve.

3.6. O princípio da não discriminação, como indicado anteriormente, dá toda amplitude aos direitos culturais, e é de especial importância quando se aborda o direito que toda pessoa tem de escolher e de ver respeitar sua identidade cultural. Obrigando a considerar todas as culturas como dignas do mesmo respeito, o princípio da não discriminação não requer uma abordagem às cegas das especificidades culturais, mas, pelo contrário, envolve o respeito à diversidade cultural e à liberdade de escolha de referências culturais (1.5 e 1.6). A diversidade cultural é uma aposta, ao mesmo tempo, própria do sujeito (ele pode escolher referências diversas e mudá-las) e da sociedade em seu conjunto. A diversidade não é apenas tolerada, ou ignorada, ela é um valor a ser protegido, fonte de riqueza.

Letra b. Conhecimento e respeito às culturas

3.7. Enquanto a *letra a* refere-se a levar em conta a liberdade de escolha em matéria identitária, a *letra b* refere-se à proteção de obras, sem a qual é abstrata a liberdade de usá-las como referência. A livre escolha das referências culturais implica uma capacidade de acesso que pressupõe uma dupla condição:
- *do lado do sujeito*: a capacidade de ter acesso implica especialmente a educação e a informação (arts. 6º e 7º): *condição subjetiva* do exercício das liberdades;
- *do lado do objeto*: o respeito e a proteção das referências culturais contra a destruição e a falsificação, cujo resultado é um desprezo pelo outro, uma perda de diversidade cultural, do saber e da compreensão das referências (por exemplo, quando se falsificam as fontes históricas): *condição objetiva do exercício das liberdades.*

3.8. De maneira geral, os direitos culturais garantem que qualquer pessoa, individualmente ou em grupo, possa desenvolver suas capacidades de identificação, de comunicação e de criação. *Esses direitos protegem a capacidade do sujeito de se ligar aos outros graças aos saberes contidos nas obras (coisas e instituições) dentro das comunidades onde ele evolui.* Eles protegem sua capacidade de empregar as obras como outros tantos recursos indispensáveis para seu desenvolvimento.[3] Por exemplo, o direito de se expressar na língua que escolher permite um acesso essencial a uma capacidade de pensamento e de comunicação que se abre para outros direitos. É por isso que a implantação dos direitos culturais e a consideração pela dimensão cultural dos outros direitos humanos produzem um "efeito detonador" indispensável para a efetividade do conjunto: eles garantem ao sujeito o acesso adequado aos recursos que são necessários para o exercício de todos os seus direitos humanos.

3.9. Se um meio cultural sempre deve ser considerado como um conjunto composto em movimento com suas histórias e seus locais (2.3), o fato é que ele pode apresentar uma coerência ou uma dinâmica maior ou menor. A coerência, por si só, não basta para definir uma riqueza: um meio cultural parece mais ou menos rico se ele permitir uma valorização mútua das referências por uma sinergia dos agentes, uma variedade e uma qualidade das inter-relações internas e externas. A riqueza se traduz especialmente por uma grande capacidade de adaptação.

3.10. O direito de conhecer e ver respeitada sua própria cultura implica conhecer a dinâmica própria de cada meio cultural e conjunto de referências. Não se trata de respeitar "uma cultura", como se ela constituísse um todo homogêneo, mas de observar, de reconhecer e de respeitar, inclusive criticando-os, cada meio e cada referência/conjunto de referências. Como uma língua implica um núcleo gramatical e léxico, uma ciência, um modo de demonstração, toda referência cultural implica uma disciplina que organiza seus espaços de interpretação.

3.11. O respeito à sua própria cultura é inseparável do respeito a outras culturas que formam o "patrimônio comum da humanidade".[4] O respeito às culturas não implica a ideia de uma *igualdade das culturas* que acarretaria um dever de respeitar todas as práticas culturais, especialmente práticas contrárias aos direitos humanos (1.10). O que deve ser respeitado é a "igual dignidade das culturas", de acordo com o potencial contido nelas.[5] O reco-

---

[3] Ver, ainda, CDESC, Observação Geral 21, que faz referência ao direito "de ter acesso a seu próprio patrimônio cultural e linguístico, bem como aos patrimônios culturais e linguísticos de outras culturas"; §49 d.

[4] *Declaração do México sobre as Políticas Culturais* (Cidade do México: Conferência Mundial sobre Políticas Culturais, 26 jul.-6 ago. 1982); DUDC, art. 1º.

[5] Ibid., §9: "É preciso reconhecer a igualdade em dignidade de todas as culturas e o direito de cada povo e de cada comunidade cultural de afirmar, de preservar e de ver respeitada sua identidade cultural".

nhecimento da igual dignidade das culturas baseia-se na convicção de que cada cultura pode apreender o universal e descobri-lo de maneira original.[6]

3.12. O respeito não impede a crítica. O direito ao respeito e ao conhecimento de sua cultura e das outras culturas deve ser compreendido tendo em mente que:
- as culturas são conjuntos compostos e móveis;
- as dinâmicas internas das referências culturais devem ser procuradas, compreendidas e tornadas acessíveis;
- essa pesquisa, assim como a determinação das referências comuns, pode levar a debates e conflitos de interpretação que, embora às vezes penosos, são frequentemente benéficos, até mesmo necessários. Pode-se compreender melhor, então, que a questão do direito ao respeito e ao conhecimento de sua própria cultura e das outras culturas implica o exercício das liberdades de opinião, expressão, informação, de consciência e de religião, e leva à procura de um equilíbrio entre a compreensão e a crítica das referências culturais, que podem ser englobadas sob a noção de "respeito crítico", utilizado ao longo de todo este comentário (3.23 e 3.28).

3.13. É também por isso que o conhecimento dos direitos humanos, "valores essenciais desse patrimônio", constitui o vínculo entre o particular e o universal; sem esse acesso ao universal com respeito à diversidade cultural, o diálogo intercultural não é possível. Por essa razão, o direito ao conhecimento dos direitos humanos é mencionado duas vezes na Declaração, para garantir o respeito crítico às referências e aos meios culturais e como conteúdo dos direitos à educação básica (6.10).

Letra c. Acesso aos patrimônios

3.14. O direito *ao* patrimônio geralmente se desenvolve fora do campo dos direitos humanos. Mas cada vez mais se considera que o direito ao pa-

---

[6] O Observatório da Diversidade e dos Direitos Culturais desenvolveu um programa intitulado "Grenier à mots" [Celeiro de palavras], que consiste em recolher, de uma grande diversidade de línguas, as palavras principais e as frases que exprimem a dignidade humana e seus direitos. Trata-se de explorar esses diferentes capitais culturais, de compará-los, para coletar disso uma diversidade de entendimentos das questões universais.

trimônio decorre do direito de participar da vida cultural.[7] Os patrimônios podem ser considerados como conjuntos de saberes portados pelas obras. Essa expressão diz respeito a "atividades, bens e serviços culturais portadores de identidades, de valores e de sentidos".[8] A "natureza específica" dessas atividades, bens e serviços não deve ser confundida com "atividades, bens e serviços específicos". Logicamente, as atividades, bens e serviços mencionados correspondem ao sentido amplo da cultura, tal como ele é retomado nos dois instrumentos da UNESCO (DUDC e CPPDEC). Todas as formas de atividade que impliquem a valorização de um saber "portador de identidades, de valores e de sentidos" devem ser, assim, levadas em conta, quer se trate de saber ser, fazer, criar, transmitir ou saber fazer saber. A abordagem baseada nos direitos culturais obriga a considerar as dimensões especificamente culturais e a não se limitar às obras e expressões especificamente culturais (5.12 e 10.7).[9]

3.15. Um patrimônio cultural apropriado pelas pessoas é um conjunto de recursos para ser mantido e valorizado, permitindo uma "ponte temporal" entre as gerações passadas e futuras. É por isso que ele pode ser definido como "capital cultural" visto que ele significa um conjunto de saberes complementares, recursos para o sujeito.

3.16. O direito ao patrimônio é colocado aqui com o direito à identidade, pois ele é um dos primeiros sustentáculos deste. As violações desse direito constituem outros tantos impedimentos ou destruições do acesso aos recursos culturais. A destruição de maneira irremediável de partes significativas de um patrimônio cultural é uma das maneiras mais comuns de atacar

---

[7] Ver, especialmente, CDESC, Observação Geral 21, §49 d em particular. Ver também a *Convenção de Faro*, art. 1º: "As Partes na presente Convenção acordam em: a) reconhecer que o direito ao patrimônio cultural é inerente ao direito de participar da vida cultural, tal como definido na Declaração Universal dos Direitos Humanos".

[8] Segundo a expressão da DUDC, art. 8º, retomada pela cppdec, 18 *considerando*: "considerando que as atividades, bens e serviços culturais têm dupla natureza, econômica e cultural, porque são portadores de identidades, de valores e de sentidos, e que, portanto, eles não devem ser tratados como tendo unicamente valor comercial", bem como que o objetivo (art. 1º, g) que é "de reconhecer a natureza específica das atividades, bens e serviços culturais enquanto portadores de identidade, de valores e de sentidos".

[9] Isso significa interpretar a Convenção (CPPDEC) à luz da Declaração (DUDC), mais explícita no que concerne aos direitos culturais. Para a interpretação em sentido amplo do campo cultural, ver também a *Convenção para a Salvaguarda do Patrimônio Cultural Imaterial* (CPI): "O 'patrimônio cultural imaterial', tal como é definido no §1 supra, manifesta-se especialmente nos seguintes campos: (a) as tradições e expressões orais, incluindo a língua como vetor do patrimônio cultural imaterial; (b) as artes do espetáculo; (c) as práticas sociais, rituais e acontecimentos festivos; (d) os conhecimentos e práticas referentes à natureza e ao universo; (e) as habilidades ligadas ao artesanato tradicional".

a identidade das pessoas e de suas comunidades. É uma causa direta de humilhação, acarretando alienação ou violência.

3.17. O partilhamento e o desenvolvimento em comum de valores culturais implica o direito de participar das memórias coletivas, do conhecimento e da interpretação de sua história. O direito à memória é componente do direito ao patrimônio. Uma memória, com seus lugares, seus escritos, seus costumes e instituições, é guardada, mantida, transmitida por uma comunidade. Se esse não for mais o caso, quando os "herdeiros" já estiverem mortos faz tempo, essa memória é conservada na medida em que é avaliada como parte do patrimônio da humanidade, isto é, da "comunidade humana" em seu conjunto, com a possibilidade de que todos, um dia, possam usá-la como referência. Estão na lembrança as memórias de dor, os locais de genocídio, da escravidão, mas também das lutas operárias e as memórias de todas as testemunhas da liberdade. Os ataques deliberados a esses patrimônios, inclusive a destruição dos locais de memória, são violações diretas dos direitos culturais, pois eles humilham e privam as pessoas, de modo definitivo, de um recurso essencial. Eles as atingem não só a título individual, mas também em sua capacidade de filiação e de transmissão. É um orgulho inerente à dignidade humana honrar aquelas e aqueles que criaram e conservaram os valores presentes, o "dom dos mortos", e de poder transmitir seus valores a outros, especialmente aos mais jovens. Fato é que o direito ao respeito crítico deve sempre ser mantido em mente, assim como o fato de que toda a humanidade pode ser depositária, beneficiária e responsável pela memória de um povo, de uma comunidade ou de uma tradição.

3.18. O direito ao patrimônio permite garantir o respeito e o acesso às referências das quais o sujeito se apropria enquanto recursos necessários para sua identidade e sua criatividade. Sejam quais forem as categorias administrativas de patrimônios elaboradas visando especificar sua proteção,[10] um patrimônio cultural constitui um conjunto de referências de dimensões múltiplas, materiais e espirituais, econômicas e sociais. A "proteção" dos

---

[10] A distinção entre patrimônio material e imaterial nem sempre nos parece razoável. É próprio do cultural expressar valores espirituais a partir de elementos, de matérias, de seres vivos e de obras criadas. Toda expressão humana supõe um suporte material, a começar pelo corpo humano. Pode-se preferir a concepção integrada de patrimônio, proposta na *Convenção de Faro*, art. 2º: "o patrimônio cultural constitui um conjunto de recursos herdados do passado que as pessoas consideram, além do regime de propriedade dos bens, como um reflexo e uma expressão de seus valores, crenças, saberes e tradições, em contínua evolução. Isso inclui todos os aspectos do ambiente resultante da interação no tempo entre as pessoas e os lugares".

patrimônios[11] e o direito de acesso implicam levar em consideração essa diversidade e essa coerência nas obrigações.

3.19. A questão de saber se o direito ao patrimônio pode ser considerado como uma forma do direito à propriedade foi exaustivamente debatida entre os redatores deste comentário. Por um lado, servir-se do direito à propriedade para traduzir o direito ao patrimônio arrisca favorecer a ideia segundo a qual os vínculos com os patrimônios são, antes de tudo, vínculos de exclusividade. Ora, aquilo de que principalmente se trata é de bens e de patrimônios comuns, sobre os quais podem enxertar-se os direitos, de prioridades diversas, podendo chegar, certamente, a direitos de uso mais ou menos exclusivos. Entretanto, abordar o direito ao patrimônio enquanto direito à propriedade é possível desde que se entenda seu exercício "individual ou coletivamente", segundo a expressão do art. 17 da DUDH, e que se considere o objeto do direito — um patrimônio — como sendo geralmente um misto de propriedade privada e propriedade comum. O objeto apropriado (saberes portados pelas obras) vai de um bem pessoal ou familiar (o patrimônio cultural pessoal herdado), passando por patrimônios comunitários e nacionais, ao patrimônio comum à humanidade. É verdade que o direito à propriedade sofre de uma falta de interpretação no conjunto indivisível dos direitos humanos e, em especial, de sua redução à propriedade privada e exclusiva. Parece ser urgente preencher essa lacuna.

3.20. O acesso a um recurso cultural não é algo simples. Ele compreende, especialmente:
- um acesso material às obras, o que não significa forçosamente o direito de todos de visitar um local qualquer ou de ter acesso a uma obra qualquer, não importa quando. Deve-se considerar especialmente a questão da proteção das obras e a necessidade de reconhecer direitos aos patrimônios cuja extensão irá variar conforme seus titulares, em função de sua ligação mais ou menos estreita com a obra considerada (por exemplo, o acesso a um local religioso pode ser reservado aos membros da comunidade considerada);
- uma apropriação: o aprendizado das referências necessárias para ter acesso aos saberes portados pelas pessoas e pelas obras; é por isso que ele está ligado diretamente aos direitos à educação e à formação;[12]

---

[11] Ver CPI: "Entende-se por 'proteção' as medidas visando garantir a viabilidade do patrimônio cultural imaterial, inclusive a identificação, a documentação, a pesquisa, a preservação, a proteção, a promoção, a valorização, a transmissão, essencialmente pela educação formal e não formal, bem como a revitalização dos diferentes aspectos desse patrimônio".

[12] Ver especialmente CDESC, Observação Geral 21, §15 b.

- uma participação: a ação de aprender a agir com esse recurso, de partilhá-lo e de participar de sua interpretação e de sua transmissão, para alcançar plenamente os processos de ligação social que esses saberes permitem.

O acesso é limitado pelas necessidades de proteção do próprio patrimônio e pelas práticas de pessoas e comunidades que o reivindicam para viver sua identidade.

RESPEITAR, PROTEGER, GARANTIR

3.21. *Obrigação de observar*. A obrigação de respeitar implica, em primeiro lugar, a de observar a diversidade dos recursos culturais de pessoas e de instituições (0.13). Classicamente, a implementação do direito ao patrimônio começa por uma obrigação de fazer um inventário. A consideração de diferentes aspectos — materiais, vivos, espirituais — precisa da instauração de dispositivos de observação interativos e contínuos. Observar significa, aqui, avaliar a natureza dos recursos culturais tanto quanto sua evolução, os riscos de perda e as oportunidades de valorização.

3.22. *Respeito e proteção da escolha*. A obrigação de respeitar permite apresentar o direito sob sua forma mais "dura":
- ninguém pode ter sua identidade denegrida conforme o princípio da não discriminação, o que não impede a crítica livre;
- ninguém pode prejudicar a livre escolha de referências culturais pelas quais uma pessoa alimente e expresse sua identidade cultural nem sua liberdade de mudar suas escolhas e de estabelecer prioridades; as limitações só podem intervir nos modos de expressão.

3.23. *Respeito e proteção das referências*. Esse direito ao respeito e à proteção se estende às próprias referências e aos patrimônios. Pois as liberdades de escolha implicam que sejam respeitadas e protegidas as possibilidades de escolha. Pode constituir uma violação dos direitos culturais o fato de:
- fazer desaparecer ou deixar que desapareça um patrimônio sem um debate democrático envolvendo todas as partes interessadas;
- prejudicar arbitrariamente uma referência ou um conjunto de referências culturais: respeito não significa abstenção de qualquer crítica, pelo contrário, mas não se pode admitir alterações pela vontade de prejudicar, ou

deixar perecer por negligência grave, um patrimônio e os valores que ele representa para um grupo de pessoas. Não se trata mais, então, de uma crítica, mas de um ataque cujo resultado seria ignorar e desprezar o outro, bem como uma perda patrimonial. Medidas impeditivas podem às vezes ser legítimas e necessárias quando esses ataques se traduzem por um apelo ao ódio entre comunidades, que constitui uma incitação à discriminação, à hostilidade ou à violência.[13] Entretanto, a proteção ordinária das referências é feita, antes de tudo, pelo debate e pelo exercício do conjunto das liberdades e especialmente no que diz respeito à liberdade de informação, graças ao exercício do direito de resposta (art. 7º).

3.24. Pode-se distinguir:
- as proibições que garantem o exercício das liberdades e a não discriminação de acordo com normas internacionais relativas aos direitos humanos;
- as ações ou os comportamentos inoportunos que devem ser desencorajados;
- as ações e os comportamentos a serem encorajados: todas as maneiras de valorizar os saberes, de permitir sua apropriação e a criação.

3.25. *Proteção da liberdade de expressão*. O respeito à diversidade cultural permite afirmar que a ordem pública democrática é garantida pela aceitação da crítica mútua e respeitosa das pessoas. Toda pessoa, toda comunidade, toda tradição precisa de crítica para desenvolver sua própria excelência com respeito à diversidade. É por isso que as liberdades de opinião e de expressão, as liberdades de pensamento, de consciência e de convicção, e as liberdades artística e de participação na vida cultural não são concorrentes umas das outras, mas constituem, na realidade, uma única e mesma liberdade desdobrada na diversidade de suas facetas. O exercício da liberdade de crítica é o primeiro meio de respeitar o conjunto dos direitos culturais, na medida em que ela comporta a exigência de respeito pelos saberes em jogo.

3.26. As publicações e outros modos de expressão que não incitam o ódio são protegidos pelo direito à liberdade de expressão. Sem liberdade de crítica, mesmo sendo cômica, caricatural, grosseira ou virulenta às ideias, inclusive às visões de mundo e às religiões, não há mais liberdade de distanciamento. A interpretação do limite de tolerância depende, em parte, dos meios concernentes, e precisa de uma vigília democrática permanente.

---

[13] Ver PIDCP, art. 20.

Ela também deve levar em consideração as notificações feitas pelos órgãos de controle regionais e internacionais sobre esse assunto.

3.27. Consequentemente, não é possível, por exemplo, interpretar como difamação a crítica em relação a uma religião. A difamação é feita em relação às pessoas. Mas desprezar e ignorar uma tradição religiosa não favorece nem o diálogo, nem as liberdades. A diversidade religiosa faz parte da diversidade cultural e, nesse sentido, merece proteção, inclusive encorajando o exercício do respeito crítico.

3.28. *Respeito crítico*. Por "respeito crítico", entenda-se que a atitude crítica em relação a um saber, a um objeto cultural ou a uma instituição só é legítima quando excluir qualquer denegrimento (o que não exclui, como assinalado acima, a virulência ou o ridículo, ou a reapropriação de símbolos, como, por exemplo, no âmbito do exercício da liberdade artística). A condição do respeito aos direitos e às liberdades culturais é a consideração das referências, incluindo a história das invenções e das controvérsias que formaram as obras e suas interpretações. Portanto, a condição de não denegrimento não se opõe ao exercício da crítica livre, ela é, pelo contrário, sua base: ela *permite abrir a discussão livre "dentro das regras da arte" da disciplina em questão*. A própria referência torna-se cega e liberticida se o espaço de interpretação, de crítica e de adaptação não é assegurado.

3.29. O exemplo da comunidade científica é significativo: uma produção é científica desde que seja publicada na comunidade científica correspondente, a fim de ficar aberta à crítica de seus pares. Nenhuma tradição cultural, seja ela religiosa, artística ou artesanal, está além dessa abertura para a crítica, mas todas têm o direito ao princípio do respeito. Isso não quer dizer que só os "sábios", que dominam uma matéria específica (como a história, o conhecimento das religiões etc.), possam participar dos debates e exercer sua livre crítica. Isso significa que todos têm a obrigação de ter um mínimo de boa-fé na participação dos debates. Nessa base, níveis diversos de obrigação podem ser enxertados, conforme as responsabilidades específicas que estão em jogo (a responsabilidade do jornalista, do político, do cientista etc., aos quais as "regras da arte" devem ser aplicadas com tanto mais força).

3.30. A identificação de "práticas prejudiciais", práticas contrárias aos direitos humanos sob pretextos culturais, precisa de uma obrigação de criticar, no sentido de interpretar, de modo a fazer uma distinção entre essas práticas e os valores aos quais elas supostamente se referem. A análise crítica desses valores com as pessoas e as comunidades afetadas, em um diálogo intercultural, permite denunciar certas práticas, ao mesmo tempo que se preservam os valores culturais considerados fundamentais pelas pessoas que os usam como referência.[14]

3.31. *Realização de condições que permitem o direito à identidade e aos patrimônios culturais*. A realização do direito ao patrimônio se define como uma ampla apropriação dos valores que ele contém. A prática administrativa mostra que certo número de Estados empreendeu desenvolver, por diversos meios, o conhecimento do patrimônio, ao favorecer seu livre acesso, uso e visitação, procurando envolver categorias cada vez mais amplas de público. Mas o envolvimento do público não pode limitar-se à liberdade de acesso e à difusão. A participação de comunidades culturais na identificação, na interpretação e nos processos de valorização surge, ao mesmo tempo, como um objetivo e como uma necessidade, um fim e um meio.

3.32. A extensão dos limites do "patrimônio" a categorias cada vez mais numerosas de bens, assim como a limitação dos recursos dos poderes públicos, pede que o conjunto do corpo social se encarregue, se aproprie, do patrimônio. A conservação do patrimônio surge, então, como um projeto coletivo conduzido em parceria, associando representantes dos três tipos de agentes. Esse tipo de empreendimento reveste-se de um interesse maior não só pela conscientização identitária das comunidades afetadas, mas também pela integração social e pelo desenvolvimento de uma cultura democrática. É por isso que a identificação de todos os valores patrimoniais, bem como de suas sinergias, está na base de uma governança democrática (art. 9º).

---

[14] Sobre o método da "contra-argumentação cultural", ver as obras do Observatório. da Diversidade e dos Direitos Culturais

ARTIGO 4º
(REFERÊNCIA ÀS COMUNIDADES CULTURAIS)

a. Toda pessoa tem a liberdade de escolher referir-se ou não a uma ou mais comunidades culturais, sem considerar fronteiras, e de modificar essa escolha;
b. A ninguém pode ser imposta uma referência ou ser assimilado a uma comunidade cultural contra sua vontade.

OBJETO DO DIREITO

4.1. A noção de comunidade é frequente e injustamente ocultada sob o pretexto do caráter individual dos direitos humanos. O exercício de qualquer um dos direitos humanos implica uma relação social e, portanto, uma comunidade de valores, isto é, uma comunidade cultural construída, mantida e desenvolvida pelas liberdades e responsabilidades de cada um. Se a noção de "comunidade cultural" é reservada unicamente para a descrição de comunidades fixas e fechadas, não existe palavra para exprimir a realidade tão preciosa das comunidades entrecruzadas, que fazem a riqueza cultural de um tecido social. Uma comunidade cultural, isto é, orientada para valores que dão sentido à vida, é um meio de compartilhamento e de hospitalidade, um espaço de abertura necessário à experiência da reciprocidade e, portanto, ao exercício dos direitos. É preciso não esconder essa dimensão ordinária e fundamental do direito que cada um tem de participar dos espaços de trocas culturais os mais duradouros. O respeito por esse direito está no princípio do desenvolvimento do tecido cultural.[1]

---

[1] Esse artigo da Declaração é o único que praticamente não foi modificado desde o projeto de 1998, pois ele é simples e fundamental. As disputas em torno da noção de comunidade cultural têm a ver, em boa parte, com a dificuldade de reconhecer a noção de comunidade como sendo "de geometria variável", segundo a definição do art. 2º, letra c (2.7 a 2.14).

Letra a. Liberdade de se referir a comunidades culturais

4.2. A liberdade de uma pessoa de se referir a diversas comunidades culturais corresponde à sua liberdade de escolher as referências que ela considera necessárias para seu processo de identificação (art. 3º a).[2] À diversidade de referências culturais corresponde a grande diversidade de comunidades e de modos de participação. O plural "as comunidades" que uma pessoa pode legitimamente empregar é essencial, pois é essa diversidade que constitui o espaço onde se misturam e se enriquecem as liberdades.

4.3. A importância reconhecida ao direito de se referir ou não a uma comunidade cultural não tira nada do caráter insuperável da liberdade individual. Cada um é livre para escolher e modificar suas filiações e referências culturais, de combiná-las e de fazê-las evoluir de maneira a compor e construir sua identidade cultural, em um processo sem fim e certamente não linear. A Declaração ressalta, assim, vigorosamente, que uma pessoa pode ter uma identidade com múltiplas facetas, ter, ao mesmo tempo, uma ou mais nacionalidades e se sentir cidadão do mundo, fazer parte, ao mesmo tempo, de uma comunidade profissional e de uma comunidade religiosa, e seguir os preceitos de uma filosofia determinada. Sua liberdade de escolha consiste não somente em fazer evoluir suas filiações, mas também em escolher um ou outro aspecto de sua identidade que ela deseja destacar, qualificando ou amplificando sua importância conforme as circunstâncias ou os períodos. O reconhecimento das liberdades de escolher e de priorizar uma diversidade de referências para viver sua identidade é condição indispensável para a paz, tanto na origem quanto no término dos conflitos.

4.4. Uma pessoa não é um membro de uma comunidade da mesma forma como o seria um elemento semelhante aos outros dentro de um conjunto. Pode-se distinguir dois tipos, ou dois níveis, de referência:
- a referência simples: as pessoas têm a opção de se referir a uma comunidade, isto é, de tornar seus certos recursos culturais (valores, obras etc.) de uma comunidade específica para construir sua identidade, e de se reconhecer solidárias com a valorização desses recursos culturais comuns; ninguém pode impedi-las de exprimir essa referência;

---

[2] Ver CDESC, Observação Geral 21, §49 a, *sobre o direito de fazer parte ou não de uma comunidade*, que aparece logo depois do direito de escolher sua identidade cultural. Ver também §55 a.

- a participação: as pessoas têm igualmente a opção de serem "membros" de uma comunidade, no sentido amplo do termo, o que, entretanto, pode estar condicionado ao reconhecimento/aceitação pela comunidade afetada; isso implica direitos e obrigações para todos.

Uma comunidade é um recurso de reciprocidade, é isso que a diferencia das simples associações: o bem comum, conjunto de referências comuns de que partilham aquelas e aqueles que se reconhecem nele (2.10), é mais do que um bem chamado de "coletivo", o que pertence a uma coletividade; ele implica uma reciprocidade permanente entre as pessoas.

4.5. A menção ao fato de que essas liberdades devem ser exercidas "sem consideração de fronteiras" lembra o princípio-chave da livre circulação de obras e ideias além-fronteiras, necessária para a plena realização do direito à informação. Ela significa igualmente que as comunidades culturais não são necessariamente territorializadas ou que seus territórios de implantação não correspondem necessariamente às fronteiras dos países. As fronteiras dos países não podem assumir a forma material de edifícios opacos — até mesmo de muros — na concretização do fantasma da impermeabilidade (5.4). Quando uma comunidade cultural se encontra de um lado ou do outro de uma fronteira nacional, ou em diáspora, é preciso que seus membros possam comunicar e circular para exercer suas liberdades culturais. Normalmente uma cláusula assim pode ser encontrada nos instrumentos de proteção das minorias.[3]

Letra b. Não lhe ser imposta uma referência

4.6. A identidade não se decreta, ela se constrói a partir de várias referências e aportes, mesmo que certos traços possam ser dominantes. O respeito à livre escolha das referências às comunidades implica o respeito ao direito de viver e de expressar, íntima ou publicamente, certas referências.

Por conseguinte, constitui uma violação dos direitos culturais a obrigação feita a uma pessoa ou a uma comunidade de se assimilar ao grupo dominante. As disposições à proibição da assimilação forçada são relativamente numerosas no direito internacional e na prática dos órgãos de controle, em particular no campo dos direitos de pessoas que pertencem

---

[3] Ver em especial DDPM, art. 2.5.

a minorias e a povos autóctones.[4] Elas protegem a vontade das pessoas de conservarem sua filiação a um grupo específico se quiserem.

Ao contrário, o fato de impor uma referência comunitária a uma pessoa ou a um grupo constitui uma violação dos direitos culturais. As pessoas devem sempre ter a liberdade de se excluir de seu contexto comunitário para se referir a uma outra comunidade ou assimilar-se à sociedade mais ampla, conforme sua liberdade de pensamento e de consciência. A proibição das castas[5] e da segregação racial[6] é, também, uma manifestação desse princípio. A manipulação ou a instrumentalização das identidades e referências culturais das populações, que visam à conquista e à partilha clientelista do poder, instauram, por outro lado, lógicas de monopolização e de mistura que impedem ou retardam o desenvolvimento de uma cultura democrática.

RESPEITAR, PROTEGER, GARANTIR

4.7. Toda pessoa e toda instituição têm a obrigação de respeitar a liberdade de se referir ou não a comunidades culturais. Uma vez que, aqui, se está principalmente perante as liberdades de foro interno, a liberdade de escolha de filiação e de referências raramente poderá ser limitada. Entretanto, dado que as filiações muitas vezes são "exteriorizadas", especialmente através da utilização de uma língua, de símbolos, de vestimentas, da expressão de uma filosofia ou da procura de um modo de vida, algumas vezes fica difícil saber o que diz respeito ao foro interno e ao foro externo. Portanto, aqui, se tentará limitar ao máximo às liberdades do foro interno, para analisar sob o ângulo do art. 5º (participação na vida cultural) as liberdades do foro externo, as duas categorias estando, obviamente, intimamente ligadas.

As autoridades públicas têm especialmente a obrigação:
- de reconhecer as referências comunitárias livremente escolhidas ou vividas pelas pessoas, em toda a sua complexidade;
- de não impor uma referência comunitária a uma pessoa ou a um grupo de pessoas, nem impor exclusivamente uma referência em detrimento das

---

[4] Ver especialmente DDPI, art. 8º; Comentário do Grupo de Trabalho sobre as minorias na Declaração das Nações Unidas sobre os direitos de pessoas pertencentes a minorias nacionais ou étnicas, religiosas e linguísticas, E/CN.4/Sub.2/AC.5/2005/2, §21; CPMN, art. 5º (2); ver também a prática do CERD, que estima que a assimilação forçada constitui uma violação grave à Convenção que ele supervisiona.
[5] Especialmente CERD, Recomendação Geral 29 (2002) referente à discriminação baseada na ascendência.
[6] Ver CERD, Recomendação Geral 19 (1995) referente ao art. 3º da Convenção, relativo à proibição da segregação racial.

outras, por exemplo quando se tratar de migrantes. Pode-se citar como exemplos de violações a proibição, feita a uma pessoa, de mudar de religião; a menção obrigatória de pertencer a uma comunidade (étnica e/ou religiosa) nos documentos de identidade; a utilização das chamadas estatísticas "étnicas" sem respeitar o princípio da anuência das pessoas afetadas e a autodeterminação individual das filiações; ou, ainda, a obrigação feita aos migrantes de mudar de sobrenome tendo em vista sua assimilação pela sociedade que o acolhe.

4.8. A obrigação de proteger consiste em garantir o respeito desses direitos e liberdades pelas próprias comunidades culturais. Os mecanismos tradicionais de exclusão comunitária podem ser legítimos, especialmente no caso da falta ou do rompimento do acordo sobre os valores comuns, mas devem respeitar certos princípios, especialmente o da não discriminação e o da livre crítica. Mais amplamente, a reivindicação do respeito às especificidades culturais não poderá ser pretexto para justificar fechamentos comunitários, filtragem de informações e qualquer forma de restrição das liberdades. Mas o fato é que o confinamento espacial de que são vítimas certas comunidades culturais favorece os retrocessos identitários e o recurso às práticas discriminatórias. É uma cultura de responsabilidade recíproca com respeito mútuo que as autoridades públicas devem proteger, inclusive por meio de programas especiais de formação e de informação. É preciso, entretanto, agir com a maior cautela quando há uma ingerência no próprio funcionamento das comunidades, em particular no que toca à determinação de seus membros, o princípio que deve permanecer sendo o da autodeterminação das comunidades culturais (art. 8º).

4.9. As comunidades culturais também devem ser protegidas da reivindicação de liberdades sem contrapartidas. A liberdade de se *referir* a uma comunidade não implica imediatamente o direito de fazer parte dela: este pressupõe um reconhecimento da reciprocidade, que é o bem dessa comunidade, a partilha de um saber. A pessoa que entra nessa relação é reconhecida não só como apta ao respeito crítico das referências comuns, mas também como pronta a desempenhar seu papel nas responsabilidades recíprocas. Isso em nada impede a liberdade de sair de uma comunidade, direito não suscetível a limitações. Mas, diversamente da liberdade de associação simples, a saída de um membro pode ter consequências significativas, como no caso de uma família.

4.10. A experiência da reciprocidade, do dar e do receber, entre as pessoas e entre as comunidades, favorece o desenvolvimento mútuo. Mas nem toda reciprocidade é simétrica, e não deve esconder as imensas diferenças de saber que convém respeitar e valorizar para os fins de educação e ampliação, por cruzamento, de informações e culturas, dos universos de cada um. O direito de participar da vida cultural das comunidades é não apenas a prerrogativa de cada um, mas também se efetua a favor da diversidade cultural interna e dos direitos dos outros membros. A dialética pessoa/comunidade é delicada e essencial:

- *A liberdade do indivíduo de criticar a(s) comunidade(s) das quais participa, sem que, por isso, a todo momento, corra o risco de ser excluído, é essencial. Isso significa que qualquer pessoa, sem discriminação, especialmente a baseada no sexo, tem o direito de participar da determinação das referências culturais comuns; pela palavra ou pela escolha de um modo de vida, ela também pode questionar certos valores ou tradições culturais da ou das comunidades.*
- Essa participação, entretanto, deverá inscrever-se em uma atitude crítica das referências culturais (3.28 ss.) que são reivindicadas por uma comunidade para desenvolver sua identidade coletiva e construir seus objetivos. A comunidade tem o direito de definir a si mesma, de se autodeterminar e de decidir sobre sua própria composição, e pode, em determinadas circunstâncias e de maneira excepcional, fazer certas exclusões, desde que respeitando as normas relativas aos direitos humanos. Mas se deve usar da maior cautela nesse campo, sob risco de fortalecer o poder dos poderosos na determinação das referências em comum. Por outro lado, com certeza deve-se fazer uma distinção entre os tipos de comunidades culturais: sob esse aspecto, não se pode tratar de uma mesma maneira uma comunidade científica, uma comunidade religiosa e uma comunidade autóctone, por exemplo; e é provável que a exclusão de certas comunidades (linguísticas, patrimoniais ou territoriais...) não poderá ser feita de fato nem ser considerada legítima aos olhos dos direitos humanos. O impacto de uma exclusão sobre os direitos da pessoa afetada, especialmente seus direitos culturais, deve, além disso, ser levado em consideração.[7]

---

[7] Desse ponto, reportar-se à prática do CDH, que começou com o caso *Sandra Lovelace c. Canada*, Communication 24/1977, 30 de julho de 1981, e segundo a qual a liberdade de filiar-se a um povo autóctone ou a uma minoria é suscetível, conforme algumas condições, de limitações, especialmente quando o objetivo desejado é a proteção do grupo, de seus recursos e de sua identidade. Sobre a exigência do respeito pela não discriminação nesse assunto, ver CDH, *Observations finales sur le Canada*, CCPR/C/79/Add.105, 1999, §19; CERD, *Observations finales sur le Canada*, A/57/18, 2002, §322 e 332; Relatório Especial sobre o Racismo, *Mission au Canada*, E/CN.4/2004/18/Add.2, §34; Relatório Especial sobre os Povos Autóctones, *Mission au Canada*, E/CN.4/2005/88/Add.3, §30.

Não é um direito coletivo que estaria se opondo a um direito individual, mas o desenvolvimento do exercício "em comum" dessas liberdades: a expressão "em comum" implicando um dever de reciprocidade.

4.11. A liberdade de se referir ou pertencer a uma comunidade cultural é muito sensível politicamente; sua realização garante o exercício dos direitos culturais, favorece o desenvolvimento das liberdades e responsabilidades das pessoas, individualmente ou em grupo, e permite o desenvolvimento de locais culturais de manutenção, de comunicação, de cruzamento e de criação de saberes. Não pode haver cultura democrática forte sem uma valorização da atividade — mais precisamente, da interatividade — das comunidades culturais enquanto meio de exercício e de desenvolvimento de todos os direitos humanos. A valorização dos saberes passa pela das estruturas sociais e comunitárias que são portadoras dos saberes.

ARTIGO 5º
(ACESSO E PARTICIPAÇÃO NA VIDA CULTURAL)

a. Toda pessoa, individualmente ou em grupo, tem o direito ao acesso e à livre participação, sem consideração de fronteiras, na vida cultural, através das atividades que escolher.
b. Este direito compreende especialmente:
- *a liberdade de expressão, em público ou em particular, na ou nas línguas que escolher;*
- *a liberdade de exercer, de acordo com os direitos reconhecidos na presente Declaração, suas próprias práticas culturais e de seguir um modo de vida associado à valorização de seus recursos culturais, especialmente no campo da utilização, da produção e da difusão de bens e serviços;*
- *a liberdade de desenvolver e de compartilhar conhecimentos, expressões culturais, de fazer pesquisas e de participar das diferentes formas de criação, bem como de seus benefícios;*
- *o direito à proteção dos interesses morais e materiais ligados às obras que são fruto de sua atividade cultural.*

5.1. O direito de participar da vida cultural é enunciado em muitos instrumentos universais e regionais de proteção dos direitos humanos e, em particular, no art. 27 da DUDH e no art. 15,1 do PIDESC. Esse direito também é o objeto principal da recomendação da UNESCO referente à participação e à contribuição das massas populares na vida cultural (1979). Naquela época, tratava-se de garantir que a cultura, entendida em sentido estrito, limitada às artes e a outras manifestações elevadas da criatividade humana, fosse acessível às massas populares e não exclusivamente à elite. A cultura, então, era compreendida mais como um produto do que um processo, e não englobava para os redatores dos textos internacionais, ao menos explicitamente, as tradições, as instituições e os modos de vida. Além disso, fazia-se referência principalmente às culturas nacionais. O "direito de participar livremente da vida cultural da comunidade", segundo os termos da

DUDH, não cobria explicitamente o direito de qualquer pessoa exercer as atividades culturais de sua escolha, em relação a sua ou a suas comunidades de referência. No campo dos direitos humanos e, em particular, na prática dos órgãos de controle, o conceito de cultura, entretanto, foi ampliado (2.2 e 2.3).

5.2. A expressão "individualmente ou em grupo" ocupa aqui um lugar especialmente importante, pois se trata da participação em diferentes tipos de comunidades culturais. Isso significa que a pessoa é logicamente levada a exercer coletivamente uma parte importante desse direito (2.6).

OBJETO DO DIREITO

Letra a. Ter acesso e participar livremente

5.3. *A noção de vida cultural* evoluiu em paralelo ao desenvolvimento do conceito de cultura. Não se trata apenas de adotar um sentido mais ou menos amplo, mais ou menos fundamental. De acordo com a definição do art. 2º, a vida cultural designa uma experiência de compartilhamento dos saberes e das obras, em todos os níveis da existência, permitindo que "uma pessoa ou um grupo expresse sua humanidade e os significados que ela dá à sua existência e a seu desenvolvimento". Uma pessoa não existe socialmente enquanto não for reconhecida como participante dessa vida, que é o espaço da comunicação social. Um reconhecimento particular da dignidade de cada um está ligado à confiança que lhe é reconhecida em sua capacidade para aprender, transmitir e criar. Participar da vida cultural implica, para as pessoas, bem como para as comunidades, uma experiência de reciprocidade.

5.4. A expressão "sem consideração de fronteiras" encontra aqui o mesmo significado daquele explicado a propósito do art. 4º (4.5), e apela para o princípio da livre circulação de ideias e de obras, bem como ao do livre acesso a essas ideias e a essas obras. No âmbito do direito de participar da vida cultural, esse princípio é particularmente importante e surge como um corolário estrito do princípio da livre determinação individual e coletiva das identidades culturais. Ele postula, além disso, a proibição de censura baseada no caráter estrangeiro das ideias ou das obras. O respeito à liberdade de participar da vida cultural implica a valorização de uma muito grande diversidade de saberes potenciais e atuais, ao contrário de qualquer dominação etnocêntrica. Um saber não é legítimo só pelo fato de que é portado por uma comunidade epistêmica — uma comunidade portadora de saber —, ele deve ser mostrado e demonstrado, oferecendo a cada um sua oportunidade de participar de uma criação.[1]

5.5. Entretanto, a diversidade cultural não é abstrata; com frequência ela se inscreve de múltiplas maneiras nos territórios. Estes também requerem ser geridos levando em conta uma oposição entre múltiplos objetivos legítimos: procura por unidade e coerência, de um lado, desejo de abertura e de promoção da diversidade, do outro, ou, ainda, entre desejo de memória e preocupação com a evolução e adaptação a um mundo em mudança (passado/futuro). Pode ser necessário gerir as dimensões territoriais de um espaço cultural, quer se trate da escolha das línguas para exposição ao público, quer do equilíbrio cultural de zonas sob forte pressão turística etc. As "fronteiras" culturais a serem respeitadas, ou até protegidas, são aquelas que diferenciam "unidades dinâmicas", como, por exemplo, territórios linguísticos ou zonas de habitação protegida em razão de uma unidade patrimonial. Essas fronteiras não devem ser consideradas como muros, mas como locais de passagem, espaços de interculturalidade, de cooperação transnacional e de paz, pois elas conciliam os princípios de abertura e de equilíbrio.

5.6. Uma atividade cultural pode ser definida como exercício, desenvolvimento, criação ou comunicação de um saber e das obras que lhe são associadas. Dizer que as pessoas têm o direito de participar da vida cultural através das atividades *de sua escolha* significa que tal atividade não se reduz a um condicionamento, mas que ela implica uma autonomia e uma capacidade de comparação dos saberes a procurar, a se apropriar e a transmitir na vida privada, bem como na vida pública e profissional. As atividades culturais são infinitas em suas expressões e em suas modalidades. A Declaração especifica, contudo, em uma lista que não é limitativa, que o direito de ter acesso e de participar da vida cultural abrange ao menos três atividades, examinadas mais detalhadamente a seguir e completadas pelo direito à proteção dos interesses morais e materiais decorrentes das produções culturais. Ali, o conceito de liberdade figura como elemento central.

---

[1] O CDESC, em sua Observação Geral 21, estimou, por sua parte, que existem "três componentes principais interdependentes do direito de participar ou de tomar parte na vida cultural: a) a participação, b) o acesso e c) a contribuição para a vida cultural", §15.

Letra b. As liberdades culturais e sua proteção

5.7. A *língua* não é só um meio de comunicação: é um elemento essencial da vida cultural, que permite conceber, receber e expressar pensamentos, ideias e emoções. O direito internacional postula, hoje, que toda pessoa tem o direito de se expressar na língua que escolher, sejam quais forem as atividades que ela pratique, econômicas, políticas, religiosas ou outras. São numerosas as disposições que consagram esse princípio.[2] É importante notar que a expressão "língua que escolher" não significa "língua materna"; uma pessoa pode escolher expressar-se em outra língua que não a sua segundo as circunstâncias e as referências que ela pretende privilegiar. As modalidades de exercício dessa liberdade são amplas: nos locais privados ou públicos, por escrito ou oralmente, através da utilização de um alfabeto específico, por via de cartazes, sinais e outras inscrições à vista do público ou em um suporte totalmente diferente. Essa liberdade tem, além disso, repercussões significativas quanto à livre escolha de nomes e sobrenomes. Ela implica igualmente a liberdade de receber ou de comunicar informações ou ideias na língua que escolher. Em um dado território linguístico, certas exigências razoáveis de tradução e de multilinguismo podem ser impostas; a vontade de proteger a unidade linguística de um território, porém, não poderia traduzir-se pela proibição de utilizar outra língua que não a língua oficial do território dado.[3]

5.8. *As práticas culturais*. O direito ao acesso e à participação na vida cultural inclui a liberdade para qualquer pessoa de exercer suas próprias práticas culturais. O enunciado dessa liberdade encontra-se no art. 5º da DUDC e também na prática de muitos órgãos de controle.[4] Uma prática cultural não poderia ser reduzida a atividades ligadas a uma determinada tradição ou modos de vida oficialmente reconhecidos como demarcando um grupo formado. Uma prática cultural merece proteção desde que ela seja vivida

---

[2] Ver, especialmente, além das muitas disposições que podem ser encontradas nos instrumentos de proteção de minorias e de povos autóctones, DUDC, art. 5º. Ver também CDESC, Observação Geral 21, §49 b.

[3] "Em suma, o Estado jamais poderia proibir a utilização de uma língua, mas poderia, com base em um interesse público legítimo, determinar a utilização adicional da ou das línguas oficiais do Estado." Recomendações de Oslo relativas aos direitos linguísticos das minorias nacionais, §12, Fundação para as Relações Interétnicas, Bureau do Alto Comissariado da O.S.C.E. para as minorias nacionais, Países Baixos, Haia, fevereiro de 1998. Ver também o caso *John Ballantyne e Elizabeth Davidson*, e *McIntyre c. Canada*, Comitê dos Direitos Humanos, Comunicados n. 359/1989 e 385/1989, 31 de março de 1993, §11.4.

[4] O princípio, inicialmente enunciado no campo das minorias e dos povos autóctones (ver especialmente DDPM, art. 2º-1; PIDCP, art. 27; CCOMN, art. 10º-1; DDPI, art. 13-1), é ampliado expressamente para qualquer pessoa na DUDC, art. 5º. Ver também cdesc, Observação Geral 21, §49 a.

como expressão da identidade de pessoas e de comunidades. A Declaração esclarece que o livre exercício das práticas culturais se entende "de acordo com os direitos" reconhecidos em outras partes do texto.

5.9. Uma atividade humana que pretende ser culturalmente neutra na maioria das vezes esconde um etnocentrismo ou uma manipulação. As culturas da alimentação, do vestuário, da moradia, dos cuidados com a saúde, do trabalho, da mobilidade, do crédito, do falar em público, de governança democrática etc. são práticas culturais na medida em que elas são portadoras de valores, de identidade e de sentido. O exercício de todas as atividades, sejam elas artísticas, espirituais, religiosas, sociais, econômicas ou políticas, desde que contribuam de maneira significativa para a vida cultural, pode, assim, estar relacionado. Pode-se mencionar, em especial, a participação de ritos associados às etapas da vida (infância, adolescência, casamento, funerais). A Declaração acrescenta um direito "de seguir um modo de vida associado à valorização de seus recursos culturais, especialmente no campo da utilização, da produção e da difusão de bens e serviços", que traduz uma ideia já amplamente reconhecida no campo da proteção dos povos autóctones. São abrangidos, por exemplo, os modos tradicionais de produção e outras atividades econômicas associadas a um modo de vida, como as práticas de colheita, pesca e caça, a utilização de certos territórios, materiais, conhecimentos diversos e outros recursos culturais que dão um sentido cultural a uma atividade econômica e, mais amplamente, a um modo de vida.

5.10. *O acesso mais amplo possível aos conhecimentos e às expressões culturais* contribui para desenvolver a riqueza cultural dos modos de vida. As capacidades pessoais de admiração e de compreensão, bem como as possibilidades de escolha e de criação, são assim desenvolvidas. O termo "conhecimentos" deve ser entendido, aqui, em sentido amplo, segundo a definição da cultura (art. 2º a), e abrange o conjunto dos "saberes", inclusive de natureza científica. Assim, ele faz uma referência indireta ao direito de se beneficiar do progresso científico e de suas aplicações, enunciados no art. 15 (1) do Pidesc.

5.11. Por "expressões culturais" pode-se entender, no sentido da Convenção de 2005 da unesco, "as expressões que resultem da criatividade de indivíduos, de grupos e de sociedades, e que tenham um conteúdo cultural".[5] O "conteúdo cultural remete ao sentido simbólico, à dimensão artística e

---

[5] cppdec, art. 4º, definição 3.

aos valores culturais que têm como origem ou que expressam identidades culturais".[6] É através dessa diversidade de recursos que uma pessoa, individualmente ou em grupo, pode encontrar as significações que ela dá à sua existência. Entretanto, é sempre importante distinguir entre saberes científicos e crenças, entre os elementos atestados por uma longa tradição de interpretação crítica e de debate aberto, aqueles que se relacionam ao juízo íntimo da consciência ou, ainda, aqueles que são veiculados por uma ideologia impermeável a uma crítica "padrão". Os saberes que pretendem ser fechados, que proíbem crítica e criação, prejudicam as liberdades culturais e podem causar mais mal do que bem.

5.12. O acesso aos conhecimentos e às expressões culturais (aos saberes e às obras) não deve ser considerado como um bem secundário, que vem depois dos bens de primeira necessidade, mas, pelo contrário, como uma maneira de encontrar sentido e recursos para viver as situações mais difíceis. A expressão artística é utilizada, por exemplo, para ajudar as pessoas mais traumatizadas a sair de seu isolamento ou de sua apatia, e a encontrar uma via para a resiliência. As artes, como as ciências, são, certamente, fins em si mesmas, mas elas também têm uma utilidade social essencial: elas produzem sentido, elas suscitam perguntas sobre o homem e o mundo, elas são fonte de criatividade e de satisfação. Por essa razão, mesmo em situações de extrema pobreza, não seria justo nem coerente reduzir o núcleo intangível dos direitos culturais à alfabetização e a outros saberes supostamente "elementares". A participação em saberes que permitem apropriar-se do corpo humano, do ambiente, do espaço físico e seus materiais, admite a concretização do amor-próprio, da autonomia e das liberdades de consciência, de opinião e de pensamento na vida otidiana.

5.13. *O direito à proteção dos interesses* morais e materiais ligados às obras que são o fruto de sua atividade protege, ao mesmo tempo, o vínculo pessoal entre o criador e sua obra, unindo os povos e as comunidades a seu patrimônio cultural. Esse direito também pretende garantir seus interesses econômicos, que são necessários para permitir que os criadores gozem de um nível de vida adequado.[7]

5.14. *Vida cultural e vida econômica.* Se a vida cultural dá sentido à vida social, o mesmo acontece com a vida econômica. As liberdades culturais e

[6] Ibid., definição 2.
[7] O conteúdo normativo desse direito foi detalhado na Observação Geral 17 (2005) do CDESC.

as liberdades econômicas estão intimamente ligadas, estas não passam de condições para aquelas; a condicionalidade é recíproca, pois os direitos culturais garantem o acesso e a proteção aos recursos essenciais para a atividade econômica: os saberes. O desafio que consiste em identificar essas duas vertentes das liberdades é tão importante para a definição das liberdades propriamente econômicas quanto para a das liberdades culturais. Muitas atividades são indiferentemente econômicas e culturais.

5.15. *Vida cultural e vida política*. Se toda atividade cultural permite a circulação do sentido, ela é um fator essencial do vínculo político na medida em que uma comunidade política se constrói sobre a base de princípios compartilhados e de uma vontade de concretizá-los. O exercício dos direitos políticos pressupõe, com efeito, o conhecimento e a adesão aos valores fundamentais constitutivos de uma cultura política que respeite os princípios de igualdade, de liberdade e de solidariedade, com a capacidade de exercer o respeito crítico.

RESPEITAR, PROTEGER, GARANTIR

5.16. Uma obrigação primordial é a proibição de discriminações, que, fundadas na identidade ou nas referências culturais de uma pessoa, prejudicariam o exercício do direito de participar da vida cultural (uso de uma língua, seguir um modo de vida, exercício de uma atividade ou de uma prática cultural).[8] Seja qual for o motivo da exclusão ou da discriminação, a começar pelas diversas formas de pobreza, a proteção dos excluídos é prioritária.
A obrigação de respeitar e de proteger também implica a proibição de censura em relação a pessoas ou grupos que desejam desenvolver e compartilhar conhecimentos e expressões culturais, conforme o direito à liberdade de expressão e o direito à informação. Em particular, os saberes portados por obras estrangeiras (no sentido amplo do termo: obras julgadas "estrangeiras" a uma dada cultura) não seriam estigmatizados por esse fato.

5.17. Nessa base enxerta-se uma obrigação de proteger e de garantir o direito de acesso e de participação na vida cultural, que implica atenção e medidas precisas. Sobre esse assunto, pode-se lembrar o art. 15, §2, do Pidesc, solicitando que os Estados tomem as medidas necessárias para garantir a manutenção, o desenvolvimento e a difusão da ciência e da cultura.[9]

[8] Ver CDESC, Observação Geral 21, §49 a.
[9] Essas medidas são amplamente desenvolvidas na CEDC, art. 7º a 16.

5.18. A participação e o acesso à vida cultural implicam especialmente a proteção e o desenvolvimento de organizações e instituições que os permitam, para todos e em todo território. As instituições tornam-se confiáveis (elas recebem a confiança renovada de pessoas e de comunidades) quando sua disponibilidade, acessibilidade, adequação e aceitabilidade estão garantidas: trata-se, então, de fazer com que essas quatro "capacidades" sejam inscritas em seus objetivos, implementadas, discutidas e submetidas à discussão e ao controle.[10] As instituições que permitem a circulação e a criação de saberes (escolas, museus, indústrias do espetáculo, atividades artesanais, conservatórios) deveriam, em especial, ser objeto de uma obrigação participativa (obrigação de observar, 0.13). O próprio apoio a um tecido associativo forte deve ser favorecido (obrigação de facilitar).

5.19. Uma das maiores dificuldades que se apresenta na realização do direito de participar da vida cultural decorre do fato de que, se qualquer cultura se enriquece pela mistura que representa uma oportunidade de crítica interna e de desenvolvimento, também existem situações em que, sob o golpe de influências culturais dominantes ou agressivas, certos meios culturais perdem em riqueza e saberes. Seu equilíbrio requer, então, uma governança na qual todos os agentes participem, inclusive os mais desfavorecidos, de acordo com o respeito aos direitos humanos e às liberdades fundamentais. É necessário manter vivos, ou mesmo restaurar, estoques culturais dinâmicos e acolhedores, que permitam não só conservar patrimônios e modos de vida, se esse for o desejo das comunidades afetadas, mas também sua valorização, a fim de manter e desenvolver as dinâmicas culturais originais. Ao contrário, trata-se de proteger as comunidades culturais contra qualquer forma de cerceamento.

5.20. *Políticas multiculturais*. Em sua definição mais simples, o multiculturalismo é uma política fundada no princípio do reconhecimento e da acomodação das diversas comunidades culturais dentro de um território. Ele pode ser exercido em vários campos, por exemplo, em matéria de utilização de línguas na escola ou na administração, ou através da promulgação de leis e regulamentos que considerem os interesses das comunidades nas

---

[10] *Availability, Accessibility, Adequacy* e *Acceptability* (4 A). Sobre esse assunto, ver especialmente as observações do CDESC, que todas, hoje, apelam para esses conceitos. Ver também nosso estudo sobre a construção de indicadores a partir dessas quatro capacidades: Coletivo iiedh/ Apenf, *La Mesure du droit à l'éducation. Tableau de bord de l'éducation pour tous au Burkina Faso* (Paris: Karthala, 2005). Para a versão em inglês: J.-J. Friboulet, A. Niameogo, V. Liechti, C. Dalbera e P. Meyer-Bisch (orgs.), *Measuring the Right to Education* (Zurique/Genebra/Paris/Hamburgo: Schulthess; UNESCO, 2006).

matérias mais diversas, desde que estejam em jogo visões do mundo, práticas culturais e modos de vida diferentes.

Hoje o direito internacional tende a impor uma exigência mínima de multiculturalismo na medida em que é mais reconhecida a obrigação do Estado, quando regulamenta uma matéria, de fazê-lo de uma maneira que respeite as liberdades culturais de cada um. Ele precisa, quando as circunstâncias exigem, levar em conta a realidade das identidades culturais na implementação de leis e políticas. Sistemas políticos que impliquem diversos graus de multiculturalismo jurídico podem articular-se a essa obrigação, desde o direito à objeção de consciência até a concretização de sistemas de autonomia para certas comunidades.

5.21. Arranjar a diversidade cultural dentro de um território é um processo difícil, que deve ser discutido e que deve implicar a consulta às pessoas e comunidades afetadas. O desafio sempre consiste em preservar um equilíbrio justo entre os esforços que são requisitados à sociedade e aqueles que são exigidos do indivíduo. Trata-se de verificar até que ponto a sociedade pode aceitar uma adaptação de suas instituições e tradições induzida pela exigência de respeitar a diversidade, dentro do contexto dos princípios de preservação dos direitos de outrem, da ordem e da saúde pública. Acolher implica uma adaptação da comunidade a todos aqueles que trazem referências diferentes. Isso não diz respeito apenas aos migrantes, mas também aos membros de minorias cuja existência é, enfim, reconhecida e aceita dentro de um território. Também se pode tratar de pessoas surdas, por exemplo, cuja cultura das línguas de sinais é preciso acolher. As pessoas em situação de pobreza, enfim, são testemunhas de valores, de críticas e portadoras de reivindicações culturais preciosas para o conjunto da sociedade.

5.22. *Territórios*. A realização plena do direito de participar da vida cultural implica uma governança cultural de espaços habitados, isto é, a manutenção e o desenvolvimento de territórios que permitam a melhor circulação de saberes e de seus suportes. Por exemplo, muitos cidadãos perderam qualquer conhecimento significativo dos meios naturais, essa falta na cultura é uma fragilização de muitas capacidades físicas e simbólicas. A capacidade de apropriação, por uma pessoa, de seu meio (conhecimento, habitação, exploração) deverá ser avaliada com a ajuda de indicadores pertinentes que convém escolher e aplicar de maneira participativa.

5.23. *Temporalidades*. O mesmo raciocínio vale para as temporalidades. Uma governança cultural das temporalidades implica uma gestão sensata da duração social das idades (da infância até a velhice), uma disposição dos tempos de trabalho e de descanso, mas também um respeito e um arranjo dos feriados civis e religiosos, dentro de um respeito negociado pela diversidade cultural. Particular atenção deve ser prestada às pessoas em situação de pobreza, que muitas vezes não têm acesso a sua história e não têm nenhum futuro, portanto o direito de participar da vida cultural implica certo domínio dos ritmos pessoais e sociais, um conhecimento razoável de seu passado e uma possibilidade de se projetar no futuro.

5.24. *A transmissão intergeracional*. A vida cultural é um fluxo intergeracional de obras e de saberes que alimentam a identidade de uma pessoa, de uma família, de uma comunidade, de uma região, de um país, até de um conjunto mais vasto. As modificações trazidas pelo turismo, por novas atividades industriais, especialmente extrativistas, ou por qualquer outro arranjo de um território, devem respeitar e proteger as capacidades de transmissão, de circulação de saberes e de seus suportes.

ARTIGO 6º
(EDUCAÇÃO E FORMAÇÃO)

Dentro do contexto geral do direito à educação, toda pessoa, individualmente ou em grupo, tem direito, ao longo de toda a sua existência, a uma educação e a uma formação que, respondendo a suas necessidades educacionais fundamentais, contribuam para o livre e pleno desenvolvimento de sua identidade cultural com respeito aos direitos dos outros e à diversidade cultural; este direito compreende, em particular:
a. o conhecimento e o aprendizado dos direitos humanos;
b. a liberdade de dar e receber um ensino em sua língua e em outras línguas, assim como um saber relativo a sua cultura e a outras culturas;
c. a liberdade dos pais de garantir a educação moral e religiosa de seus filhos conforme suas próprias convicções e com respeito à liberdade de pensamento, consciência e religião reconhecida à criança segundo sua capacidade;
d. a liberdade de criar, de dirigir e de ter acesso a instituições educacionais que não as dos poderes públicos, desde que as normas e os princípios internacionais reconhecidos em matéria de educação sejam respeitados e que essas instituições estejam em conformidade com as regras mínimas prescritas pelo Estado.

6.1. O direito à educação é o direito que condiciona a efetividade de todos os direitos culturais, bem como a do conjunto de direitos humanos. Depois do direito de participar da vida cultural, os direitos à educação e à informação formam um par cujo parentesco é notável quando são considerados do ponto de vista dos direitos culturais: esses dois direitos, tratados em paralelo na Declaração (arts. 6º e 7º), têm a função comum de garantir a transmissão dos saberes e das obras graças aos quais as pessoas podem desenvolver e comunicar as múltiplas facetas de sua identidade.

OBJETO DO DIREITO

6.2. O direito à educação representa o direito cultural mais bem circunscrito e o mais amplamente reconhecido hoje nos instrumentos internacionais dos direitos humanos.[1] O art. 6º da Declaração de Friburgo também não visa redefinir os objetivos da educação, nem reformular um direito que já foi objeto de interpretações e de comentários pelos órgãos de controle instalados no plano mundial e regional. O artigo se situa, de início, dentro do contexto geral do direito à educação para especificar suas implicações e exigências sob o ângulo da identidade cultural.

6.3. O cabeçalho do art. 6º, ao associar a noção de "formação" com a de "educação", faz lembrar que não convém limitar o processo educacional ao ensino fundamental formal, isto é, à escola. Como todos os outros, esse direito se exerce de maneira contínua e permanente, durante toda a vida, nos setores mais diversos: profissionais, sociais, comunitários...

6.4. Nos textos universais e regionais pertinentes, estão associadas, ao mesmo tempo, uma dimensão individual da educação — o desabrochar da personalidade e o respeito aos direitos da pessoa — e uma dimensão social, ou coletiva, vinculada às relações com e entre as comunidades — cuja sobrevivência e desenvolvimento dependem, por outro lado, de conhecimentos e valores que são transmitidos aos indivíduos durante os processos educacionais. A Declaração de Friburgo lança luz sobre esses dois aspectos especificamente no que se refere às identidades culturais, quando ela declara que a educação e a formação contribuem para o livre e pleno desenvolvimento da identidade cultural da pessoa, com respeito aos direitos dos outros e à diversidade cultural. Esses objetivos assim atribuídos à educação estão enunciados mais ou menos explicitamente nos instrumentos já mencionados, os quais, ao longo dos anos, trouxeram indicações cada vez mais precisas.[2] O art. 6º da Declaração faz referência especialmente às

---

[1] Devem ser citados, especialmente, os artigos 26 da DUDH, 13 e 14 do PIDESC, e 28 e 29 da CDC; a *Convenção da UNESCO referente à luta contra a discriminação no campo do ensino*, mas também os instrumentos adotados nos âmbitos europeu (*Protocolo I* da CEDH, art. 2º), interamericano (*Protocolo de São Salvador*, art. 13) e africano (CADHP, art. 17 e *Carta Africana dos Direitos e do Bem-Estar da Criança* — C, art. 11). Também devem ser mencionados os instrumentos para a proteção das minorias e dos povos autóctones, tais como a DDPM (art. 4º), a DDPI (arts. 14 e 15) e os instrumentos convencionais europeus (CPMN, arts. 12 a 14; *Carta Europeia das Línguas Regionais ou Minoritárias*). Para os comentários sobre os instrumentos da ONU, ver especialmente as Observações Gerais 11 e 13 (1999) do Comitê dos DECS e a Observação 1 do Comitê dos Direitos da Criança.

[2] Desde o art. 26 da DUDH — em virtude do qual "a educação deve visar o pleno desabrochar da personalidade humana e o reforço do respeito pelos direitos humanos e pelas liberdades fundamentais. Ela deve favorecer a compreensão, a tolerância e a amizade entre todas as nações e todos os grupos raciais ou religiosos, bem como o desenvolvimento das atividades das Nações Unidas para a manutenção da paz" —, retomado por muitos instrumentos, certos objetivos (suplementares ou considerados como implícitos no art. 26 da DUDH) foram esclarecidos/explicitados com referências mais embasadas às questões referentes às identidades ou à diversidade cultural. Ver especialmente o PSS (art. 13-2), a CDC (art. 29-1) e a CADE (art. 11-2).

necessidades educacionais fundamentais enunciadas na Declaração de Jomtien: estas *"dizem respeito tanto aos instrumentos essenciais do aprendizado (leitura, escrita, expressão oral, cálculo, resolução de problemas) quanto aos conteúdos educacionais fundamentais (conhecimentos, habilidades, valores, atitudes) de que o ser humano precisa para sobreviver, para desenvolver todas as suas faculdades, para viver e trabalhar dignamente, para participar plenamente do desenvolvimento, para melhorar a qualidade de sua existência, para tomar decisões ponderadas e para continuar a aprender".* Respondendo a essas necessidades, *"confere-se aos membros de toda a sociedade a capacidade — bem como a correspondente responsabilidade — de respeitar e fazer frutificar seu patrimônio cultural, linguístico e espiritual comum..."*; um objetivo fundamental do desenvolvimento da educação é *"a transmissão e o enriquecimento dos valores culturais e morais comuns"*, nos quais *"o indivíduo e a sociedade encontram sua identidade e seu valor"*.[3]

6.5. A originalidade do art. 6º está em integrar, ainda mais explicitamente, a identidade cultural de qualquer pessoa no objetivo e no processo da educação. O art. 5º da DUDC lembra que "toda pessoa tem direito a uma educação e a uma formação de qualidade que respeite amplamente sua identidade cultural".[4] As dimensões individual e social da educação estão intimamente ligadas: a pessoa precisa saber que é respeitada em suas referências para ser capaz de se comunicar com serenidade, e reciprocamente. A relação entre a pessoa e as diversas comunidades das quais ela participa deve, assim, ser claramente estabelecida ao longo de todo o processo de educação, enquanto fator essencial da identificação e da comunicação. Chave de acesso para o conhecimento e o exercício efetivo dos direitos culturais e dos outros direitos humanos, a educação é o principal vetor de transmissão das referências culturais em toda a sua especificidade e diversidade. Trata-se, ao mesmo tempo, de garantir o acesso das pessoas aos patrimônios das comunidades às quais elas se referem, mas também de oferecer uma abertura não superficial para o mundo. À falta de uma educação que traga os recursos necessários para a identificação cultural e que esteja aberta para a diversidade e as potencialidades de interação, os indivíduos e os grupos são reduzidos à coexistência, e os vínculos sociais, comunitários ou não, são ignorados. Essa educação deve ir além da transmissão de simples conhecimentos sobre as diferentes culturas — de uma erudição ou de um

---

[3] *Declaração Mundial sobre a Educação para Todos* (Jomtien 1990) e *Contexto da Ação*, Dakar, elaborado pelo Fórum Mundial sobre a Educação, em 2000.
[4] O art. 6º do projeto de 1998 inspirou o art. 5º da DUDC.

cosmopolitismo — para permitir que cada um reconheça e se aproprie livremente de referências culturais próximas e distantes. O desabrochar da pessoa pressupõe a apropriação de um meio cultural vivo e plural.

6.6. A educação tem uma dupla face de liberação e de socialização: aprendizado das liberdades e da autonomia, indissociável do aprendizado do valor dos vínculos sociais. A descoberta e a valorização da riqueza dos meios culturais permitem uma síntese entre esses dois papéis: o indivíduo descobre que suas liberdades só são validamente exercidas com o respeito crítico e com a utilização dos patrimônios. É através do domínio das disciplinas culturais que os estudantes descobrem, com espanto, a riqueza das obras, bem como a capacidade que eles têm de comunicação e de criação. Essa experiência — objetivo principal da educação — é inseparável da descoberta do valor do respeito crítico (3.28). Uma educação de qualidade desenvolve a capacidade *de escolher* (o desenvolvimento humano sendo compreendido como um aumento da capacidade de escolha) e *de ser escolhido* (a pessoa instruída está apta para ser escolhida como parceira de muitos relacionamentos); a educação é, antes de tudo, o aprendizado da reciprocidade entendida como capacitação (*empowerment*) mútua.

RESPEITAR, PROTEGER, GARANTIR

6.7. A fim de garantir que a educação, que favorece o processo de identificação, seja incluída em um justo processo de socialização (educação a serviço do vínculo social, não reduzida ao vínculo nacional) e de respeito à diversidade, é preciso zelar para que toda instituição dedicada à educação e à formação vise o respeito pelos valores universais e pela diversidade de referências culturais. Isso se verifica no nível dos programas e dos métodos de ensino, mas também do respeito e do acolhimento de pessoas ligadas a culturas diferentes. Toda instituição de ensino, seja pública, seja privada, ou esteja ligada a uma comunidade cultural particular ou não (especialmente comunidades linguística ou religiosa), deve dar garantias formais e concretas de que esse ensino não é utilizado para favorecer exclusões e discriminações na sociedade.

6.8. O desafio é oferecer uma educação de qualidade, dando acesso ao conjunto dos direitos humanos e especialmente aos outros direitos culturais. Os sistemas educacionais, acolhendo uma diversidade cada vez maior de pessoas, devem adaptar-se à diversidade cultural dos alunos com respeito às normas universais. Isso se traduz por muitos tipos de medidas, abrangendo a adaptação a certas características particulares, tais como um estilo de vida ou uma língua, para evitar que estas se tornem um obstáculo à educação, à valorização e à utilização dos recursos culturais próprios das pessoas e das comunidades afetadas (por exemplo, regimes alimentares nos refeitórios, dias de feriados, neutralidade e composição do corpo docente, conteúdos dos programas).

6.9. Se a obrigação de respeitar implica primordialmente a de observar (0.13), isso é particularmente válido para o direito à educação, por causa da diversidade de seus agentes (alunos, famílias, professores, responsáveis pelas instituições, autoridades públicas dos diferentes níveis, associações, patrões) e da diversidade dos valores em jogo, com a necessidade de proceder a arbitramentos e acomodações.[5]

Letra a. Conhecer e aprender os direitos humanos

6.10. Conforme enunciado pela DUDH, PESC e outros instrumentos pertinentes, a educação deve objetivar *"o reforço do respeito aos direitos humanos"*. A Declaração impõe essa exigência no âmago de toda educação e não somente como um campo específico, e isso por duas razões:
- A educação entendida como direito do homem condiciona o exercício de todos os outros direitos humanos. Segundo essa abordagem, uma educação de qualidade é a que permite que cada um exerça da melhor maneira possível o conjunto de seus direitos, liberdades e responsabilidades, para ele mesmo e para os outros. Ensinar as liberdades, a civilidade, a cidadania, mas também os direitos e as responsabilidades ligados à alimentação, à saúde, à moradia, são aprendizados fundamentais que mostram o caráter concreto dos direitos humanos, indivisíveis e interdependentes.
- A consideração do conteúdo cultural do direito à educação, levando em conta o respeito e a valorização dos recursos culturais em sua diversidade, confere uma nova importância à educação para os direitos humanos, permitindo a legibilidade de valores universais através da diversidade cultural. É por isso que o conhecimento dos direitos humanos já foi mencionado no art. 3º, letra b (3.13), pois ele fornece os instrumentos necessários para o exercício do respeito crítico: respeito às referências e ao desenvolvimento das liberdades.

---

[5] Como as obrigações variam muito em função dos parágrafos a, b, c e d desse artigo, o objeto e as obrigações são tratados em conjunto, por parágrafos, no que se segue. O mesmo acontece com aos arts. 7º e 9º.

6.11. Conhecer e aprender os direitos humanos pressupõe, então, dois níveis: um atravessa todos os campos da educação, o outro define uma disciplina específica que consiste em conhecer os instrumentos e os meios de implementá-los. O segundo nível só é acessível e concreto se ele se inscreve em combinação com a abordagem transversal assegurada pelo primeiro nível. O segundo nível significa que cada indivíduo tem o direito de conhecer seus direitos, liberdades e responsabilidades através de um ensino e de um aprendizado específicos, organizados no âmbito escolar, mas igualmente durante a formação contínua e profissional. O conhecimento e o aprendizado dos direitos humanos implicam a implantação de programas, o desenvolvimento de métodos e de materiais específicos, elaborados de modo a respeitar e valorizar os recursos culturais, levando em conta a diversidade das pessoas e dos meios. A cooperação internacional é indispensável para permitir comparações interculturais e desenvolver a prática do respeito crítico.

Letra b. Ensinar as línguas e as culturas

6.12. Muitos instrumentos universais e regionais fazem referências à diversidade das línguas e dos saberes transmitidos no âmbito da educação. As fórmulas diferem de um instrumento a outro, e muitas vezes são apresentadas quando são abordadas as questões relativas à proteção de minorias e de povos autóctones.[6] Entretanto, além desses grupos, é reconhecida a liberdade das pessoas de dar e receber um ensinamento em sua língua e em outras línguas, assim como um saber sobre sua cultura e sobre outras culturas. Disso resulta, especialmente, o reconhecimento da liberdade de criar, dirigir e ter acesso a outros estabelecimentos que não os dos poderes públicos (ver abaixo, letra d). A Declaração permite sintetizar o conjunto dessas disposições em uma fórmula curta que deixa a possibilidade de uma implantação adaptada segundo os contextos e as reivindicações.
No mínimo, essa liberdade significa que não se poderia proibir a iniciativa privada, fosse ela desenvolvida dentro de uma família ou de uma comunidade, visando à transmissão de um patrimônio linguístico ou cultural particular (obrigações de respeitar e proteger), com a reserva dos princípios fundamentais enunciados no art. 1º.

6.13. A questão da obrigação de realizar essa liberdade faz surgir dois tipos de respostas:

[6] Ver, especialmente, DDPM, art. 4º; DDPI, arts. 14 e 15; CPMN, arts. 12 e 14. Ver também o art. 45 da CTM.

- Em primeiro lugar, a questão de saber se os Estados devem sustentar financeiramente a criação de escolas que permitam dar e receber um ensino em sua língua e em outras línguas, assim como um saber sobre sua cultura e sobre outras culturas, nem sempre recebe uma resposta clara, mas é vivamente encorajada (ver abaixo, letra d).
- Por outro lado, deve ser inserida a questão de saber se a liberdade das pessoas de dar e receber um ensino em sua língua e em outras línguas, assim como um saber sobre sua cultura e sobre outras culturas, deve ser realizada no próprio contexto da escola pública. Os instrumentos deixam normalmente aos Estados uma grande margem de interpretação nesse campo.[7] Entretanto, as exigências relativas a um conteúdo educacional que contribua para o livre e pleno desenvolvimento da identidade cultural das pessoas com respeito aos direitos de outrem e à diversidade cultural (caput do art. 6º) obrigam a uma reflexão mais aprofundada sobre a questão e a considerar que são necessárias adaptações nos programas e métodos educacionais dentro da própria escola pública.

6.14. Ninguém pode proibir ou ocultar qualquer referência à identidade das pessoas e das comunidades no processo da educação nem impedir que as pessoas, individualmente ou em grupo, aprendam ou ensinem as referências culturais — em particular, as línguas — essenciais para o desenvolvimento de sua identidade cultural, quer se trate de elementos de seu próprio meio cultural, quer da abertura necessária para o conhecimento e o respeito a outras referências e meios. Caso contrário, seria prejudicada a finalidade e a própria substância do direito à educação — especialmente ao princípio de não discriminação — tal como ele é reconhecido e garantido nos instrumentos internacionais.[8]

6.15. A questão dos manuais escolares e dos conteúdos educacionais aparece cada vez mais no centro das discussões relativas à educação. Aqui, pode-se encontrar novamente os três graus de obrigações: respeitar e proteger significa verificar que nenhum manual contenha intenções discriminatórias no âmbito da educação pública ou privada; garantir significa adotar as medidas necessárias

---

[7] Ver, por exemplo, DDPM e CPMN.
[8] Como foi demonstrado desde a Conferência de Teerã sobre a eliminação do analfabetismo no mundo em 1965 e depois reafirmado incessantemente em todas as conferências internacionais especializadas, reduzir rapidamente o analfabetismo só é possível se o direito a aprender a ler, escrever e calcular em sua língua é amplamente reconhecido e implementado, tanto no que se refere ao ensino formal quanto à educação básica não formal para aqueles e aquelas que jamais foram escolarizados (alfabetização dos adultos e especialmente das mulheres).

para assegurar a qualidade e o caráter culturalmente adequado dos manuais e conteúdos educacionais (o que diz respeito não apenas às línguas utilizadas, mas também à diversidade de visões do mundo que são apresentadas). Garantir também consiste em atribuir à pesquisa pedagógica participativa toda a atenção que ela merece. A revisão de programas e manuais escolares permite de modo mais geral começar um diálogo entre comunidades, especialmente quando estas estão enrijecidas em torno de preconceitos recíprocos, e de rever certas matérias, como, por exemplo, os cursos de educação cívica, de história e de geografia, para tentar elaborar conteúdos que reflitam uma visão comum ou que, pelo menos, respeitem as diferentes interpretações. Se toda sociedade pode querer promover um alto grau de aprendizado comum para garantir sua própria coesão, isso não implica a imposição de uma visão dominante e não exclui adaptações de conteúdo, de tom e de estilo dos manuais escolares. Às vezes, também se pode tratar de atenuar falsas percepções que certos grupos têm deles mesmos e de sua relação com os outros. Trata-se, sempre, de desenvolver uma posição de respeito crítico.

Letra c. Liberdade dos pais em matéria de educação moral e religiosa de seus filhos

6.16. O começo da redação dessa alínea é análogo ao dos instrumentos internacionais pertinentes.[9] Tal como é reconhecida hoje em direito internacional, essa liberdade muitas vezes fica confinada às questões morais (filosóficas, éticas) e religiosas, sem abranger as questões linguísticas e culturais mais amplas. Mas ela é completada por outros direitos enunciados em outras partes (e retomados especialmente nas letras b e d deste art. 6º). Essa liberdade não é menos importante pelo fato de ela obrigar a um reconhecimento mínimo da diversidade cultural no âmbito educacional e permitir que os pais evitem que seus filhos tenham um ensino moral ou religioso que estaria em contradição com suas próprias convicções.

Essa liberdade dos pais deve poder conjugar-se com a liberdade de pensamento, de consciência e de religião da criança em função do desenvolvimento de suas capacidades, tal como é reconhecida na Convenção sobre os Direitos da Criança (art. 14). Os princípios usualmente admitidos hoje em relação ao interesse superior da criança são aqui pertinentes.

---

[9] Ver especialmente Pesc, art. 13.3, e pcp, art. 18.4. Ver também a *Convenção da unesco referente à luta contra a discriminação no campo do ensino*, art. 5º.1. Para formulações mais amplas, ver especialmente dudh, art. 26; pss, art. 13; cedh, Protocolo 1, art. 2º. Ver também o art. 11.4 da Cade e o art. 12.4 da cadh.

6.17. Uma dificuldade existe quando a possibilidade dos pais de evitar que seus filhos sigam certos cursos se estende a outras matérias diversas daquelas que têm especificamente por objetivo transmitir uma religião ou uma moral (curso de ginástica, de biologia ou curso sobre as religiões fora de um ensino confessional). Indicações úteis foram dadas, aqui, pela Corte Europeia dos Direitos Humanos, que considera que a isenção de participação em outros cursos e atividades escolares pode ser exigida se eles constituem um doutrinamento (isto é, se a informação não é transmitida de maneira objetiva, crítica e pluralista), mas não se eles fazem parte da missão educacional da escola (e, portanto, da realização do direito à educação da criança).[10]

Letra d. Liberdade de criar instituições educacionais

6.18. O direito à educação implica a liberdade de escolher e de ter acesso a "estabelecimentos de ensino que não sejam os dos poderes públicos" e, portanto, a faculdade que têm os indivíduos e as pessoas jurídicas para criar tais instituições. Essa liberdade é igualmente reconhecida em vários instrumentos universais e regionais, de maneira expressa ou implícita.[11]
Desde que as condições e finalidades definidas pelo direito à educação sejam respeitadas, a obrigação de respeito se impõe. No mínimo, as autoridades públicas devem deixar agir as organizações nacionais ou internacionais que tenham a capacidade de fazê-lo (obrigação de respeitar) ou garantir que terceiros não impeçam essa ação (obrigação de proteger).
A liberdade de criar e de dirigir instituições educacionais é, contudo, limitada, a fim de evitar qualquer iniciativa ou pretensão abusiva ou inadequada: essa liberdade só pode ser exercida com respeito aos princípios e às normas prescritos em matéria de educação em nível internacional — respondendo especialmente às necessidades fundamentais mencionadas acima — e estando de acordo com as regras definidas nesse campo pelas autoridades públicas nacionais ou locais.

---

[10] É verdade que essa posição é desenvolvida com base em uma formulação sensivelmente diferente do direito: segundo o art. 2º do Primeiro Protocolo à CEDH, "o Estado, no exercício das funções que assumirá no campo da educação e do ensino, respeitará o direito dos pais de garantir essa educação e esse ensino de acordo com suas convicções religiosas e filosóficas". *Kjeldsen, Busk Madsen e Pedersen c. Dinamarca*, petições n. 5095/71, 5920/72, 5926/72, sentença de 7 de dezembro de 1976, §51-53; *Campbell e Cosans c. Reino Unido*, petições n. 7511/76, 7743/76, sentença de 25 de fevereiro de 1982, §25. *É plenamente possível, entretanto, adotar essa posição também no âmbito da* ONU.

[11] Para as referências expressas, ver PIDESC, art. 13.4; Convenção da UNESCO de 1960, art. 2º c; PSS, art. 13.5; CADE, art. 11.4. Para as referências implícitas: direito de professar uma religião (DUDH, art. 18; PIDCP, arts. 18 e 27; CEDH, art. 9º; DADH, art. 3º; CADH, art. 12); liberdade dos pais de garantir a educação de seus filhos de acordo com suas próprias convicções (DUDH, art. 26; CEDH, protocolo i, art. 2º). Ver também DDPI, art. 14.1 e CPMN, art. 13.

6.19. Considerando a importância do direito cabível e dos recursos disponíveis, a obrigação de garantir se reveste de um valor primordial, particularmente em relação às populações mais desfavorecidas. É evidente que, à falta de meios complementares e de medidas compensatórias, certas pessoas e comunidades são simplesmente incapazes de adquirir ou de transmitir pela educação as referências básicas de sua própria cultura e os meios de acesso necessários aos outros meios culturais. Isso leva inexoravelmente à extinção progressiva de suas referências culturais e, portanto, à sua alienação.

6.20. A maioria dos textos existentes não consagra expressamente uma obrigação dos Estados de sustentar financeiramente as escolas particulares.[12] Uma exceção deve ser notada na DDPI, que prevê que os povos autóctones "têm o direito de ter acesso a uma assistência financeira e técnica, por parte dos Estados, e no âmbito da cooperação internacional, para gozar dos direitos enumerados na presente Declaração", o que compreende as liberdades de ensino.[13]

Entretanto, em certas circunstâncias, o Estado tem a obrigação de sustentar. Inicialmente, existe, no mínimo, a obrigação de sustentar financeiramente escolas particulares que existam onde o ensino público está ausente, em conformidade com sua obrigação de garantir o direito à educação como último recurso. Por outro lado, se a liberdade de ensino não implica nenhuma obrigação financeira a cargo dos Estados, isso não exclui, para elas, a possibilidade de fazê-lo; se eles fizerem essa escolha, os Estados devem fazê-la em uma base não discriminatória.[14]

O importante, como em qualquer campo, é não adotar uma abordagem dogmática à questão, mas uma abordagem pragmática adaptada ao contexto. Graças a uma parceria entre escolas públicas e particulares facilitada pelas autoridades públicas, uma educação de qualidade pode ser oferecida a todos em todo o território, levando em conta os valores universais e a diversidade de referências culturais. A ação pública, sempre respeitando as liberdades de ensino, pode assumir a forma de um grande leque de medidas, indo, segundo as solicitações e as situações, do financiamento de escolas particulares, à vontade, não de financiar escolas separadas, mas, antes, de integrar no sistema geral de ensino uma educação intercultural e multicultural que reflita a diversidade de uma população. Enfim, essas duas possibilidades não devem necessariamente ser pensadas em termos de alternativas.

---

[12] Ver, por exemplo, CPMN, art. 13.4.
[13] Art. 39. Ver também artigo IX do projeto da Declaração Interamericana.
[14] Ver especialmente CDESC, Observação Geral 13 (1999) *sobre o direito à educação* (art. 13), §54; CDH, *Waldam c. Canadá*, Comunicado 694/1996, 3 de novembro de 1999, §10.4 s.

ARTIGO 7º
(COMUNICAÇÃO E INFORMAÇÃO)

Dentro do contexto geral do direito à liberdade de expressão, inclusive a artística, das liberdades de opinião e de informação e do respeito à diversidade cultural, toda pessoa, individualmente ou em grupo, tem direito a uma informação livre e pluralista que contribua para o pleno desenvolvimento de sua identidade cultural; este direito, que se exerce sem consideração de fronteiras, compreende especialmente:
a. a liberdade de pesquisar, receber e transmitir as informações;
b. o direito de participar de uma informação pluralista, na ou nas línguas que escolher, de contribuir para sua produção ou sua difusão através de todas as tecnologias de informação e da comunicação.
c. o direito de responder às informações errôneas sobre as culturas, respeitando os direitos enunciados na presente Declaração.

7.1. Os arts. 6º e 7º destacam a reciprocidade intrínseca da informação e da formação: a liberdade de informar e de se informar pressupõe a efetividade de uma formação e, de modo recíproco, o exercício do direito à informação permite o do direito à formação durante toda a vida (6.3). Esse reforço mútuo corresponde às duas faces de um mesmo objeto, *formar e informar*: o desenvolvimento dos saberes através de sua comunicação.

7.2. O conteúdo cultural do direito à educação deve ser explicitado. Segundo o princípio de não ingerência, o Estado não pode intervir no conteúdo da informação, pois isso significaria abrir uma porta para a censura e a propaganda. Entretanto, como já foi ressaltado, frequentemente a suposta neutralidade do Estado esconde uma dominação cultural por parte de apenas uma parcela do grupo nacional. Além disso, a dominação de certos grupos da mídia tem o efeito de levar ao predomínio de certa visão do mundo no campo da informação, reduzindo à expressão mais simples as vozes dissonantes e originais que certas comunidades culturais desejam manifestar. Levar em conta o valor do cultural é uma base necessária para esclarecer os direitos e as responsabilidades de cada um em relação à comunicação dos saberes dentro do exercício deste direito central que é o direito à informação.

OBJETO DO DIREITO

7.3. *Informação e comunicação*. A Assembleia Geral das Nações Unidas, já em sua primeira sessão em 1946, reconhece que a "liberdade de informação é um direito fundamental do homem e a pedra de toque de todas as liberdades a cuja defesa se dedicam as Nações Unidas [...] ela constitui um elemento essencial de todo esforço sério para favorecer a paz e o progresso social no mundo".[1] Essa liberdade é hoje reconhecida em um número significativo de instrumentos universais e regionais.[2] Tornando-se, nos anos 1970, uma das prioridades da UNESCO, a "liberdade de informação" é ampliada pelas referências à "livre circulação da informação" e pela "circulação livre e equilibrada da informação".[3] Depois, à palavra "informação" foi proposto acrescentar "comunicação", que se supunha descrever com mais exatidão as realidades e os objetivos do debate: a consideração de um sistema complexo e participativo.[4] No âmbito desta Declaração, faz-se referência à comunicação como um sistema complexo que, à falta de ser consagrado por um só direito, traduz-se juridicamente pelo reconhecimento de diferentes liberdades (especialmente de opinião, de pensamento, de expressão, de associação, de educação, de participação na vida cultural), cujo exercício interativo permite a circulação dos saberes (ver a "conexão das liberdades", 3.4). A noção de comunicação inscreve a informação em uma lógica social e cultural de participação e de interação que consiste em receber, produzir, trocar e modificar as mensagens. Informar e comunicar consiste em solicitar (acessar, compreender e trocar) constantemente

[1] Resolução 59 (I) de 14 de dezembro de 1946. Essa resolução precisou da realização de uma Conferência sobre a liberdade de informação, que teve lugar em Genebra em 1948 e cujos trabalhos inspiraram especialmente o art. 19 da DUDH.
[2] DUDH, art. 19; PIDCP, art. 19; CEDH, art. 10; CADH, art. 13; CADHP, art. 9º.
[3] Cf. D. Türk e L. Joinet, *Rapport final sur le droit à la liberté d'opinion et d'expression des rapporteurs spéciaux*, relatório à subcomissão da luta contra as medidas discriminatórias e da proteção das minorias, E/CN.4/Sub.2/1992/9, 14 de julho de 1992, §14.
[4] Ibid. O processo visando estabelecer um novo "direito à comunicação", bem como o projeto de convenção detalhando o alcance real dessa liberdade de informação, foram, por sua vez, vítimas do debate sobre uma "nova ordem mundial da informação", polarizada pelas tensões da Guerra Fria. Cf. especialmente Roger Pinto, *La Liberté d'information et d'opinion en droit international* (Paris: Economica, 1984), p. 36 ss.

as referências culturais das pessoas, bem como os recursos culturais dos meios onde elas vivem.

7.4. O direito à informação comporta, ao mesmo tempo, a liberdade de informar e o direito de ter acesso a uma informação de qualidade ou adequada. O que está em jogo é receber e participar de uma informação aberta à compreensão e ao respeito à diversidade dos valores culturais, e que permita às pessoas operarem livremente suas escolhas em termos de referências identitárias. Uma "informação adequada" pode ser definida como a informação de que o sujeito precisa para exercer uma ação livre nos campos que lhe dizem respeito.

7.5. A dimensão cultural da informação visa reforçar a correspondência, ou a mediação, entre as capacidades culturais do sujeito e os recursos de um sistema de informação do qual depende o exercício de suas liberdades culturais. É nesse sentido que o direito a uma informação, entendida como interação, é um direito cultural: "um direito que contribui para o pleno desenvolvimento de sua identidade cultural". Concretamente, é um direito à reciprocidade, ao cruzamento de saberes. Essa reciprocidade, entretanto, é confrontada com as "assimetrias de informação e de formação" e precisa de um intenso trabalho de mediação cultural. Isso pressupõe que cada pessoa seja respeitada como detentora de um saber que é uma condição de suas liberdades e que pode ser útil aos outros. A consideração desse saber significa, ao mesmo tempo, respeito e crítica. Sobre esse assunto, particular importância deve ser dada aos profissionais da informação, submetidos às regras de sua disciplina (deontologia) e portadores de responsabilidades.

7.6. O art. 7º atribui um lugar particular à *liberdade de expressão*, que protege todos os modos de expressão, inclusive artística ou científica. A CEDH considera a liberdade de expressão como "um dos fundamentos essenciais de uma sociedade democrática, uma das condições primordiais de seu progresso e do desabrochar de cada um", e lembra que "ela vale não só para as 'informações' ou 'ideias' recebidas favoravelmente ou consideradas inofensivas ou indiferentes, mas também para aquelas que machucam, chocam ou inquietam o Estado ou uma fração qualquer da população. Assim quer o pluralismo, a tolerância e o espírito de abertura, sem os quais não existe 'sociedade democrática'".[5] Pluralismo deve ser compreendido aqui como

---

[5] CEDH, sentença *Handyside*, 7 de dezembro de 1976, §49.

diversidade e cruzamento de saberes, quer sejam portados por pessoas isoladas ou em grupo em uma imensa variedade de comunidades culturais. O exercício da liberdade de expressão é um fator provocador e inovador ligado ao cruzamento dos saberes e à criação. Embora perturbe toda a ordem estabelecida, o exercício desse direito garante, paradoxalmente, a estabilidade democrática, apoiando-o no cruzamento dos saberes disponíveis.

7.7. É feita menção, *expressamente*, à liberdade artística, que pode ser compreendida como a liberdade de expressão "em estado puro" (potencialmente a mais perturbadora): ela consiste não só em criar mensagens, mas também em modificar seu modo e seu suporte de expressão. Exemplo particular das liberdades culturais, a liberdade artística comprova o direito de cada um de procurar um saber, de expressar, com a ajuda de qualquer suporte, um novo olhar sobre o homem e o mundo, e de fazer com que outros se beneficiem de sua criação. A exemplo das outras liberdades de criação, especialmente a liberdade acadêmica, ela mostra que um conteúdo cultural não é estático. O objeto "portador de identidade, de valor e de sentido" convida os interagentes à comunicação, em vista de um progresso da consciência: o que está em jogo na liberdade de expressão, e especialmente na liberdade artística, não é um gozo no sentido comum do termo, é uma "liberação" da consciência.[6]

7.8. A *liberdade de opinião*, amplamente também reconhecida no direito internacional, é uma liberdade intangível, não suscetível a restrições.[7] A liberdade de opinião e a liberdade de expressão são indissociáveis, uma não podendo ser realizada sem a outra, razão pela qual muitas vezes elas são reconhecidas pelos instrumentos internacionais dentro de disposições comuns. A referência à liberdade de opinião, no art. 7º da Declaração, é importante porque ela permite enfatizar que uma informação que contribui para o pleno desenvolvimento das identidades culturais é uma informação que respeita a liberdade das pessoas de formar livremente sua opinião. Como no contexto do direito à educação, o que está em jogo é garantir que o sistema em seu conjunto permita a participação e o acesso das pessoas a uma informação objetiva, crítica e pluralista, sem propaganda nem doutrinação.

---

[6] Cf. a esse respeito Andreas Auer, "La Liberté de l'art ou l'art de libérer la conscience: un essai". In: Instituto Suíço de Direito Comparado, *Liberté de l'art et indépendance de l'artiste* (Zurique/Basel/Genebra: Schulthess, 2004), pp. 81-9.
[7] Ver especialmente o art. 19 do PIDCP. Cf. Manfred Nowak, U. N. *Covenant on Civil and Political Rights*: CCPR, comentário, 2. rev. (Kehl am Rhein: Engel, 2005) [citado: Nowak].

7.9. A *liberdade de informação* abrange a liberdade de imprensa estendida às novas técnicas de difusão. Mas, além da simples integração de novas tecnologias, as transformações sociais que acompanham esse desenvolvimento acarretam evoluções mais profundas do conteúdo do direito. Assim, a liberdade de imprensa protegendo o editor ante a censura do Estado tornou-se, com o advento dos meios de comunicação de massa, uma liberdade de informação que cada vez mais leva em consideração o direito das pessoas de receber, procurar e transmitir informação.[8] A era da multimídia multiplica as possibilidades de emissão e de recepção. Esses dois papéis estão interagindo e revelam que as pessoas, individualmente ou em grupo, não podem ser limitadas ao papel de receptor, mas o que se trata de proteger é sua participação no sistema da informação.

7.10. A lógica do direito a uma informação livre e pluralista que contribua para o pleno desenvolvimento de sua identidade cultural implica uma reciprocidade e uma interação complexa que atravessa todos os campos sociais.
- *As três ações* — procurar, receber e transmitir — formam um elo de graus às vezes diversos: cada um é responsável pelo saber que ele detém e pode deter para o exercício de suas próprias liberdades e das dos outros. Os profissionais da informação e da comunicação têm uma responsabilidade de mediação essencial a serviço da realização desse direito para todos.
- A *participação em um sistema com múltiplos agentes* deve ser levada em consideração. Cada relacionamento entre as pessoas em relação aos agentes públicos, privados e civis, coloca em jogo um capital de informações que condiciona o uso real das liberdades. É por isso que o direito à informação não diz respeito apenas às relações entre o público e a mídia; ele implica, em seu próprio âmago, toda relação de troca, e condiciona o exercício de cada direito humano. Por exemplo, os direitos à saúde ou à alimentação implicam o de comunicar tão claramente quanto possível os valores culturais em jogo na interpretação e na operação dos direitos referidos.
- Um direito de crítica exigente é, então, necessário, segundo o princípio do respeito crítico (3.28), o qual implica uma responsabilidade mútua na procura pela maior verdade acessível.

---

[8] Cf. infra. Ver também especialmente Andreas Auer, Giorgio Malinverni, Michel Hottelier, *Droit constitutionnel suisse*, v. II, 2. ed. Berna, 2006, §528 [citado: Auer/Malinverni/Hottelier/AMH].

7.11. A expressão "sem consideração de fronteiras", que faz eco especialmente ao art. 19 do PIDCP, é especialmente importante no âmbito do direito à informação e merece uma atenção muito particular (4.5 e 5.4).

RESPEITAR, PROTEGER, GARANTIR

Letra a. Liberdade de procurar, receber e transmitir

7.12. *Liberdade de procurar*. A liberdade de procurar ativamente informações implica, por parte do Estado, uma *obrigação de respeitar* as fontes geralmente acessíveis.[9] O Comitê dos Direitos Humanos também teve a oportunidade de afirmar a obrigação de proteger essa liberdade, bem como o tratamento privilegiado pela imprensa que ela pode engendrar.[10] Além disso, o Estado pode ver-se obrigado a *garantir* esse direito quando se considera que, "tratando-se de questões de interesse público, ele deve, tanto quanto possível, fornecer a informação".[11] Essa obrigação deveria ser válida para todos os tipos de agentes, especialmente privados, a cada vez que eles tenham uma informação de interesse público, o que é normal e não a exceção (quer se trate de pesquisa, de conhecimento dos riscos ou simplesmente de informações úteis para a boa utilização de bens e de serviços).

7.13. *Liberdade de receber*. A liberdade das pessoas para receber informações que contribuam para o pleno desenvolvimento de sua identidade cultural só pode ser garantida se a imprensa e os outros meios de informação e de comunicação se basearem em um "pluralismo, do qual o Estado é avalista em última instância".[12] Assim, esse direito do público à informação acarreta para o Estado não só *obrigações de respeitar*, mas também de *proteger* e *garantir*. Essas obrigações abrangem especialmente a de prevenir uma excessiva concentração da mídia através de uma legislação sobre a proibição

---

[9] Cf. Nowak, §18; um grupo de estudiosos de direito internacional, de segurança e de direitos humanos realizou um importante trabalho para estabelecer padrões para o exercício desse direito, agrupados sob o nome de Príncipes de Johannesburgo, adotados em 1º de outubro de 1995. Cf. <http://www.article19.org>.

[10] Comunicado 633/1995, o caso era sobre a mídia ante a exclusão arbitrária de aproveitar as instalações de um Parlamento para a imprensa, instalações financiadas com fundos públicos, mas reservadas para o controle de uma entidade privada.

[11] Gérard Cohen-Jonathan, *La Convention européenne des droits de l'homme: commentaire article par article*, sob a direção de Louis-Edmond Pettiti, Emmanuel Decaux, Pierre-Henri Imbert, 2. ed. (Paris: Economica, 1999), p. 375 [citado: Cohen].

[12] CEDH, sentença *Informationsverein Lentia e outros c. Áustria*, 24 de novembro de 1993, §38, nessa sentença a Corte EDH considera a importância da "qualidade" e do "equilíbrio dos programas", §33.

de monopólios e a regulamentação da concorrência, que pode ser completada com medidas que garantam a informação exata sobre os detentores do poder de informar, bem como medidas positivas como encorajar a diversidade dos modos de propriedade na mídia.[13] A título de exemplo, a Corte Suprema do Sri Lanka, evocando essa jurisprudência da CEDH, que coloca o Estado como garantidor final do pluralismo, acrescenta que este "deve estar de sobreaviso a fim de garantir uma liberdade de pensamento e de expressão que não apenas sobreviva, mas que se desenvolva e frutifique vigorosamente". Ela afirma, ainda, que essa concepção do direito à informação já é uma herança antiga, e ilustra suas palavras citando uma passagem do *Rig Veda*: "Deixemos que os pensamentos nobres nos cheguem por todos os lados".[14]

7.14. Essa liberdade também acentua as responsabilidades dos produtores de informação em relação à qualidade das mensagens a que seus públicos têm direito. Assim, a Corte Europeia esclareceu que a função dos jornalistas é "comunicar informações sobre questões de interesse geral, desde que eles se expressem de boa-fé, com base em fatos exatos e forneçam informações 'confiáveis e precisas' com respeito à ética jornalística".[15] A qualidade, ou a adequação da informação, significa aqui uma adequação ao interesse geral.[16]

7.15. *Liberdade de transmitir.* A obrigação de respeitar essa liberdade coloca o princípio da abstenção de ingerência por parte do Estado no conteúdo da mensagem, bem como nos meios de sua transmissão e recepção.[17] Pode

---

[13] Ver também a Declaração de Princípios de Genebra, *Construir a sociedade da informação: um desafio mundial para o novo milênio*, que declara que "convém encorajar a diversidade dos modos de propriedade na mídia, de acordo com a legislação dos países e levando em conta as convenções internacionais pertinentes". Cúpula Mundial sobre a Sociedade da Informação, Documento WSIS-03/GENEVA/DOC/4-F, 12 de maio de 2004, §55. Comitê dos Ministros dos Estados-membros, Resolução de 31 de janeiro de 2007 sobre o pluralismo da mídia e a diversidade de conteúdo da mídia, CM/Rec (2007) 2F; Resolução de 31 de janeiro de 2007 sobre a missão da mídia de serviço público na sociedade da informação, CM/Rec (2007) 3F; A diversidade da mídia na Europa, Divisão Mídia, Direção-Geral dos Direitos Humanos do Conselho da Europa, Estrasburgo, dezembro de 2002, H/APMD (2003) 1.

[14] Os "pensamentos nobres" podem ser interpretados aqui como aqueles que estimulam esse dinamismo. *Athukorale e outros v. Attorney General de Sri Lanka* (1997), 2 BHRC 610 (Supremo Tribunal), §624. O *Rig Veda*, texto sagrado hindu que data de 1700 a 1100 a.C., trata-se do versículo 1-89-1.

[15] CEDH, sentença *Affaire Fressoz et Roire c. França*, 21 de janeiro de 1999, §54.

[16] CEDH, sentença *Sunday Times c. Reino Unido*, 26 de abril de 1979, §66. Ver também a Convenção sobre os Direitos da Criança que, em seu art. 17 letra a, recomenda que os Estados participantes "encorajem a mídia a difundir informação e materiais que apresentem uma utilidade social e cultural para a criança e correspondam ao espírito do art. 29", isto é, especialmente, a "favorecer o desabrochar da personalidade da criança e o desenvolvimento de seus dotes e de suas aptidões mentais e físicas, na plena medida de suas potencialidades".

[17] CEDH, sentença *Autronic*, 22 de maio de 1990, §47; a letra b do art. 7º também enfatiza essa proteção aos vetores.

ser atribuída à autoridade pública uma obrigação de *proteção* contra os ataques provenientes de particulares, por exemplo, quando um meio de comunicação é ameaçado,[18] ou em qualquer outro caso em que o direito de acesso e de difusão seja impedido.

Entretanto, essa proibição de ingerência não é absoluta, especialmente à luz da obrigação dos Estados de proibir por lei todo apelo ao ódio nacional, racial ou religioso que constitui uma incitação à discriminação, à hostilidade ou à violência, conforme o art. 20 do PIDCP.

Quando a mídia é convidada a veicular certas ideias, especialmente para promover o bom entendimento e a compreensão recíproca entre grupos através da informação[19] ou para valorizar a diversidade cultural,[20] está dado um passo suplementar, e isso não deixa de impor dificuldades em relação às liberdades de informação, especialmente as liberdades editoriais. Segundo a *Declaração de princípios de Genebra* da Cúpula Mundial sobre a Sociedade da Informação, essa sociedade "deveria estar baseada no respeito à identidade cultural, à diversidade cultural e linguística, às tradições e às religiões; ela deveria incentivar esse respeito e favorecer o diálogo entre as culturas e as civilizações". Acima de tudo, porque "a preservação do patrimônio cultural constitui um componente fundamental da identidade e da compreensão de si mesmo que liga uma comunidade a seu passado", é preciso "valorizar e preservar o patrimônio cultural para as gerações futuras".[21]

7.16. Essa importante convocação deve, entretanto, preservar a liberdade da mídia, quer seja pública ou privada, quanto aos conteúdos veiculados. Uma solução que hoje parece ser privilegiada no direito internacional é a de incentivar o acesso das comunidades culturais à mídia (7.18). Pode-se ver, aqui, as numerosas conexões que existem entre as diversas dimensões do direito à informação: direito de receber, direito de transmitir, mas também direito de participar de uma informação pluralista (letra b).

---

[18] Cf. sentença *Özgür Gündem c. Turquia*, 16 de março de 2000.
[19] Ver CEDR, art. 7º; CPMN, art. 6º. Ver também o Relatório do Seminário de Especialistas, *The Role of the Media in Protecting Minorities*, organizado por Minority Rights Group International e Service International des Droits de l'Homme, E/CN.4/SUB.2/ac.5/1998/wp.3.
[20] Por exemplo, DDPI, ART. 16.
[21] *Declaração de princípios de Genebra*, 2004, §52-54. Ver também a *Convenção sobre os Direitos da Criança*, que, em seu art. 17 letra a, recomenda que os Estados participantes "encorajem a mídia a difundir informação e materiais que apresentem uma utilidade social e cultural para a criança e correspondam ao espírito do art. 29", isto é, especialmente, a "favorecer o desabrochar da personalidade da criança e o desenvolvimento de seus dotes e de suas aptidões mentais e físicas, na plena medida de suas potencialidades".

7.17. De maneira geral, pode-se propor que a proteção da "conexão das liberdades" de pensamento, de consciência, de religião, de opinião e de expressão, garantida pelos arts. 18, 19 PCP e limitada pelo art. 20 PCP, seja interpretada especialmente à luz do art. 15 Pesc. Isso significa que lhe é integrado o respeito à diversidade cultural, mais precisamente, a proteção mútua da diversidade e dos direitos culturais, como condição de interpretação das liberdades civis. Não se trata de uma restrição suplementar, mas de uma definição razoável que, pelo contrário, garante seu exercício.

Letra b. Direito de participar de uma informação pluralista

7.18. O indivíduo não só tem o direito a uma informação pluralista, como também é um agente indispensável dela: sua participação, individualmente ou em grupo, é uma condição da valorização da diversidade cultural.[22] Essa dimensão participativa no gozo do direito e na finalidade de seu exercício também sobressai dos princípios e valores apresentados pelas instâncias encarregadas da implementação do direito à informação.[23] Essa conexão de princípios e de valores vale para todas as tecnologias de informação e de comunicação, mas revela-se particularmente atual ante o desenvolvimento da internet. Este só irá revelar-se portador do direito à informação se for acompanhado por um "reforço das capacidades" cuja importância no acesso à educação, à cultura e ao saber ele mesmo ressalta.[24]

7.19. Certos instrumentos internacionais postulam incentivar o acesso das minorias à mídia,[25] o que pode ser traduzido como o apoio à criação de mídias ou de emissões específicas de minorias, a formação e o recrutamento

---

[22] Interação expressa também no art. 2º da CPPDEC.

[23] Cf., por exemplo, o Supremo Tribunal do Canadá que enfatiza que "the nature of the principles and values underlying the vigilant protection of free expression in a society such as ours […] can be summarized as follows: (1) seeking and attaining the truth is an inherently good activity; (2) participation in social and political decision-making is to be fostered and encouraged; and (3) the diversity in forms of individual self-fulfilment and human flourishing ought to be cultivated in an essentially tolerant, indeed welcoming, environment not only for the sake of those who convey a meaning, but also for the sake of those to whom it is conveyed". Irwin Toy Ltd. v. Quebec (Attorney General) [1989] 1 SCR 927 §VI, C. A concepção de um direito à liberdade de informação enquanto simples liberdade de empreendimento da mídia deixa, assim, lugar para esse objetivo de pluralismo, cf. CJCE, 25 de julho de 1991, *Stichting Collectieve Antennevoorziening Gouda e outros*, C-288/89, [1991] ECR I-4007, §22 s.

[24] Cf. §7 do *Documento informativo sobre a reunião inaugural do recém-criado Fórum sobre a Governança da Internet* (FGI).

[25] Em virtude do art. 9º da CPMN, os Estados "adotarão medidas adequadas para facilitar o acesso à mídia das pessoas pertencentes às minorias nacionais". Ver também o art. 16 da DDPI.

de jornalistas oriundos das minorias e a participação de membros de minorias nas emissões que lhes dizem respeito. De modo mais amplo ainda, o *Programa de Ação de Durban* recomenda, aos Estados, que "elaborem códigos de deontologia incentivando a mídia a [...] promover a representação justa, equilibrada e equitativa da diversidade de suas sociedades, zelando, também, para que essa diversidade seja refletida entre seu pessoal".[26] É uma "sociedade da informação inclusiva" que se procura incentivar,[27] até mesmo no setor da mídia pública.

Letra c. O direito de responder às informações incorretas

7.20. Esse entendimento contemporâneo das liberdades de informação e de comunicação, levando em conta a diversidade cultural, leva a reconhecer um direito de resposta às pessoas e aos grupos que consideram que informações errôneas sobre as culturas foram transmitidas. Como isso é reconhecido especialmente nos arts. 19 e 20 do PIDCP, a liberdade de expressão pode estar restrita a certas condições bem delimitadas. Em especial, o art. 20 dispõe que "todo apelo ao ódio nacional, racial ou religioso que constitui uma incitação à discriminação, à hostilidade ou à violência está proibido por lei". Essa disposição está redigida de maneira a ser utilizada apenas nos casos particularmente graves de ataques a outrem, os únicos que a proibição pode sancionar, medida cujo radicalismo e força devem ser enfatizados.

7.21. Além disso, deve-se notar que um exercício do direito à liberdade de expressão que não leve em conta o valor e a coerência dos patrimônios culturais e dos saberes adquiridos pode conduzir ao relativismo, à incapacidade de respeitar e de desenvolver patrimônios. Nesses casos, especialmente quando o limite da gravidade imposto pelo art. 20 do PIDCP não é ultrapassado, garantir um direito de resposta às informações errôneas sobre as culturas, com respeito ao princípio da proporcionalidade, permite preservar os direitos que as pessoas têm ao respeito por sua cultura (art. 3º b), da mesma forma que a liberdade de expressão. O direito ao respeito

---

[26] §144. Ver também §147 h: "Encorajar a representação da diversidade das sociedades dentre os membros do pessoal dos órgãos de informação e as novas técnicas de informação e de comunicação como a internet, promovendo uma representação adequada dos diferentes grupos sociais, em todos os níveis de sua estrutura organizacional".

[27] Cúpula Mundial sobre a Sociedade da Informação, *Declaração de Princípios de Genebra*, 2004, por exemplo §24; *Compromisso de Túnis*, Documentos WSIS-05/TUNIS/DOC/007-F, 18 de novembro de 2005, por exemplo §83.

pelos patrimônios é um recurso e uma condição do exercício de todas as liberdades, que, longe de estar em oposição, se completam.[28]

7.22. A prática generalizada do respeito crítico no exercício desse direito constitui uma solução particularmente construtiva que permite conciliar respeito à diversidade e procura por excelência, isto é, do saber mais elevado possível, em cada campo cultural. O direito de resposta protege também as pessoas de se sentirem lesadas pelo tratamento inadequado de uma informação de grande valor cultural pelos profissionais da informação, que são responsáveis pela qualidade de seu ofício.[29]

---

[28] "Essa coexistência não significa apenas que os direitos devem ser considerados sob uma ótica restritiva em relação aos outros direitos existentes, mas ela também remete à noção fundamental da interdependência dos direitos humanos" conforme observaram os relatores especiais sobre a liberdade de religião ou de convicção (Asma Jahangir) e sobre as formas contemporâneas de racismo, de discriminação racial, de xenofobia e de intolerância correlatas (Doudou Diène) (A/HRC/2/3, 20 de setembro de 2006, §8). Os relatores lembraram, especialmente, que "se, em um caso concreto, o exercício da liberdade de expressão pode, eventualmente, prejudicar a liberdade de religião de uma ou outra pessoa, está conceitualmente errado apresentar esse estado de fato *in abstracto* como um conflito entre a liberdade de religião e de convicção, de um lado, e a liberdade de opinião e de expressão, do outro" (§38). "A liberdade de religião e de convicção precisa dos outros direitos humanos para ser exercida plenamente, especialmente a liberdade de associação e a liberdade de expressão. A liberdade de expressão, tal como é protegida pelas normas internacionais, inclusive o art. 19 do Pacto, é um postulado essencial para a liberdade de religião e de convicção" (§41). Para uma tomada de posição mais recente, ver ainda a Declaração comum adotada dessa vez por três relatores especiais (racismo, liberdade de religião e liberdade de expressão), "Freedom of expression and incitement to social and religious hatred", OHCHR side event during the Durban Review Conference, 22 de abril de 2009. Disponível em: <www.ohchr.org>.

[29] Com efeito, o recurso aos direitos culturais pode servir aos jornalistas para que se recusem a cair nos discursos injustamente estereotipados que, como ressalta o relator especial para a liberdade de expressão, "abafam o diálogo e alimentam a autocensura e o sentimento do medo. Eles também têm um efeito negativo sobre a qualidade e a dignidade do jornalismo e ameaçam, no final das contas, a integridade da mídia". A/HRC/4/27 §78.

ARTIGO 8º
(cooperação cultural)

Toda pessoa, individualmente ou em grupo, tem o direito de participar, conforme os procedimentos democráticos:
- *• do desenvolvimento cultural das comunidades das quais é membro;*
- *• da elaboração, da execução e da avaliação das decisões que lhe dizem respeito e que influem no exercício de seus direitos culturais;*
- *• do desenvolvimento cooperação cultural em seus diversos níveis.*

8.1. Esse artigo desenvolve o conteúdo do direito de participar da vida cultural (art. 5º) sob o ângulo da cooperação, isto é, a interação nas e entre as comunidades tendo em vista a criação de obras comuns. Ele também opera um vínculo mais explícito entre a participação na vida cultural e a tomada de decisões em diversos níveis no campo cultural; esta podendo aparecer como modalidade daquela. Devendo sempre ser combinado com o direito de se referir a comunidades culturais (art. 4º), esse artigo prenuncia as disposições da Declaração dedicadas à implementação dos direitos.

OBJETO DO DIREITO

8.2. No princípio do desejo de cooperação cultural está a consciência compartilhada de que cada um, seja qual for seu nível, sempre irá permanecer muito pobre em cultura caso se isole, e que são necessários outros olhares e experiências. Uma vida cultural rica e promissora para o exercício dos direitos culturais, tal como definida anteriormente (experiência de reciprocidade, de partilhamento dos saberes e das obras, permitindo que cada um exerça seus direitos, liberdades e responsabilidades em matéria cultural), desenvolve-se na e graças às comunidades culturais (art. 2º c). Estas, então, devem ser pensadas, não como locais comunitários justapostos e fechados, mas como espaços a partir dos quais se exerce a participação e a cooperação culturais com respeito ao conjunto dos direitos culturais. A vida cultural é tanto mais rica quanto ela resulta de inúmeras liberdades de interação, conforme a pessoa age dentro e na interseção de seus espaços profissional, familiar, amistoso, associativo, nacional, "comunal", linguístico etc. A participação e a cooperação culturais se estendem, aqui, tanto no interior de espaços comunitários de geometrias variáveis quanto entre eles. A diversidade cultural é a das pessoas e a das comunidades, o que pressupõe a aceitação de grande variedade de modos de referência.

8.3. O art. 8º, correspondente ao art. 5º sobre o direito de participar da vida cultural, especifica que a participação é exercida "conforme procedimentos democráticos" e trata, portanto, explicitamente, da participação na tomada de decisões dentro de comunidades, instituições e organizações. Essa exigência implica que as regras fundamentais constitutivas de toda cultura democrática podem ser generalizadas, com as adaptações necessárias, para todas as formas de comunidade: cada pessoa é igual em direitos perante o saber e tem sólidas razões para expressar a originalidade de sua percepção, bem como ela mesma ser criticada, sob a condição das regras de respeito crítico com que cada comunidade pode dotar-se para esse fim.

8.4. O desenvolvimento cultural das comunidades, entretanto, também se efetua amplamente através não de decisões formais enquanto tais, mas de novos comportamentos, usos e maneiras de fazer, de novas ideias e valores. A referência à noção de democracia inserida no art. 8º continua pertinente e apela especialmente aos conceitos de liberdade (particularmente liberdade de expressão) e de igualdade para todos aplicados à participação cultural.

8.5. Só uma cultura democrática fortemente enraizada no princípio da igualdade e que perpasse todas as instituições, ao mesmo tempo respeitando a especificidade de cada uma, pode excluir as diversas formas de coação que uma pessoa sofre ou faz outrem sofrer. Procedimentos democráticos apropriados autorizam e facilitam o debate contraditório e, especialmente, a valorização das dialéticas necessárias a todo processo de identificação para as pessoas e para as comunidades. Assim, dizer o que são as referências culturais comuns e em que sentido elas devem se desenvolver não deve ser monopólio dos poderosos. Todos, sem discriminação, com base em algum dos motivos enunciados no art. 1º, especialmente no sexo, têm o direito de participar.

PARTICIPAÇÃO NO DESENVOLVIMENTO CULTURAL DAS COMUNIDADES

8.6. O "direito de fazer parte livremente da vida cultural da comunidade", tal como enunciado na DUDH,[1] ou, mais amplamente, o direito de participar da vida cultural "de sua escolha"[2] e a liberdade de expressão constituem as bases jurídicas que permitem enunciar um direito de participação no direito cultural das comunidades, tal como desenvolvido no art. 4º (4.10).

PARTICIPAÇÃO NAS DECISÕES

8.7. O princípio de consultar pessoas e comunidades, ou seja, de obter seu consentimento livre e esclarecido em certos casos, tornou-se um componente essencial dos direitos culturais na prática dos órgãos de controle, especialmente nas Nações Unidas.[3] Isso é particularmente verdade no campo dos direitos das pessoas que fazem parte de minorias e dos povos autóctones e tribais, especialmente em matéria de acesso e de utilização dos recursos culturais.[4] Esse princípio parece ser cada vez mais amplamente admitido e está intrinsecamente ligado a outro princípio, emergente, de implementação dos direitos humanos aceitável porque culturalmente adequada (1.15-1.17). Uma tal exigência de participação permite associar as pessoas e comunidades afetadas à identificação das obras a serem preservadas e das políticas a serem implantadas em matéria cultural. O grau de participação e os procedimentos criados para esse fim podem variar conforme o caso, considerando principalmente o tipo de comunidade afetada. Sob esse ângulo, o direito de participar da vida cultural assume um significado mais amplo e profundo.

Em sua Observação Geral 21, a CDESC estimou que o direito de fazer parte da vida cultural inclui o de tomar parte na definição, na elaboração e na implantação de políticas e decisões que influam no exercício dos direitos culturais de uma pessoa.[5]

---

[1] Art. 27.
[2] Ver, especialmente, o art. 5º da DUDC.
[3] Mesmo que nem sempre seja fácil determinar quais, dos direitos políticos, do direito à autodeterminação ou dos direitos culturais, baseiam tal exigência.
[4] A exigência de um "consentimento" das populações é imposta principalmente no campo da proteção dos povos autóctones. CPMN, art. 15; DDPM, art. 2º (3); DDPI, arts. 19 e 32 especialmente (várias outras disposições apelam para o princípio do consentimento prévio); Convenção n. 169 da OIT, art. 6º. Ver também CERD, Resolução Geral 23 (1997) *referente aos direitos das populações autóctones*, §4 d; Resolução Geral 27 (2000) *referente à discriminação em relação aos ciganos*, §41 s.
[5] §15 (c).

8.8. A participação intervém em quatro estágios sucessivos e complementares: expressão das preferências, escolha da política, implantação, controle/avaliação/responsabilidade.[6] Para que uma pessoa esteja apta a exercer plenamente seus direitos culturais, é necessário que ela possa ser parte integrante desde a fase de elaboração de uma decisão que a afete, em sua qualidade de agente e de sujeito do direito. Isto é particularmente importante no campo dos direitos culturais: encarregados de decidir e encarregados de implementar, eles não podem estar totalmente separados, pois o campo cultural implica uma compreensão e uma interpretação permanentes, que vão da escolha dos valores aos meios de execução e de controle. Essa necessidade de conservar uma percepção transversal, entretanto, em nada prejudica as distinções de funções e de saberes, de personalidades e de situações.

PARTICIPAÇÃO NO DESENVOLVIMENTO DA COOPERAÇÃO CULTURAL

8.9. Nenhum meio cultural pode ter a pretensão de constituir uma cultura autossuficiente. Pelo contrário, toda prática ou disciplina cultural, na medida em que ela está em conformidade com o respeito aos direitos culturais, é, essencialmente, um aprendizado de diversidade, de comunicação e de acolhimento, ela está aberta a outras disciplinas e a outros meios. Ela também está aberta para o reconhecimento do exercício dos direitos culturais de outrem, seja qual for seu meio. A cooperação é um exercício da noção de "igual dignidade das culturas"[7] que leva a reconhecer que qualquer pessoa, e qualquer comunidade, seja qual for seu meio cultural, está apta a encontrar uma expressão original de humanidade. Não se trata de uma igualdade em riqueza cultural, o que seria ignorar o imenso distanciamento entre riqueza e pobreza culturais, bem como a diversidade das riquezas e das pobrezas. Seria particularmente muito prejudicial ignorar a riqueza de saberes acumulada pelas pessoas idosas. O respeito aos velhos, sejam eles quem forem, expressa a consideração pela tentativa que eles fizeram de dar e transmitir sentido, à custa de esforços e de dores que não são forçosamente conhecidos. Evidentemente que esse respeito não implica receber o testemunho deles sem críticas.

---

[6] S. Osmani, *Étude sur les politiques de développement dans le contexte de la mondialisation: contribution potentielle d'une approche fondée sur les droits de l'homme*, Conselho Econômico e Social, Doc.E/CN.4/SUB.2/2004/18, 07.06.2004, p. 11.
[7] CPPDEC, art. 2º, 3.

8.10. Essa cooperação deve ser realizada entre os agentes culturais civis, privados e públicos, sejam quais foram os campos, científico, artístico, literário, religioso etc., bem como seus entrelaçamentos. Todos os níveis de governança democrática são afetados não só do menor para o maior, mas também entre as aldeias, as cidades, as instituições, "sem consideração de fronteiras" (4.5 e 5.4). Cooperação significa a valorização dos mediadores e "transportadores" culturais (especialmente garantindo a livre circulação de quem ensina, de quem aprende e de quem pratica, e de outros portadores e transmissores de saberes), bem como dos locais de passagem e de combinação, para a concretização de espaços culturais que estejam de acordo com o princípio de abertura e de equilíbrio.[8]

RESPEITAR, PROTEGER, GARANTIR

8.11. Todo agente público, privado ou civil deve respeitar e proteger a capacidade e a vontade de autodeterminação, de participação e de cooperação das pessoas e das comunidades culturais. Dada a importância dos compromissos pessoais, que são pressupostos pelas diferentes formas de comunidades culturais, inclusive nos diversos meios profissionais, os agentes também devem favorecer a participação e a cooperação em matéria cultural, e a procura de respostas inovadoras em face dos desafios propostos por todas as formas de pobreza, inclusive cultural (10.11).

8.12. Mais precisamente as autoridades públicas, mas também, em seus campos, as empresas e as associações, devem implantar procedimentos necessários para a consulta e a participação das pessoas e comunidades afetadas. Elas também devem tomar medidas para criar, proteger e facilitar os espaços de cooperação cultural entre as pessoas e as comunidades, e os locais e instituições de mediação cultural. Trata-se, em especial, de evitar que os ofícios e locais de criação sejam aniquilados pelos efeitos nefastos da globalização.

8.13. A obrigação de garantir significa a cooperação entre todos os agentes para criar espaços e tempos privilegiados onde interaja e frutifique uma grande diversidade de saberes: festivais, festas, museus, exposições, escolas, universidades tradicionais e populares, cidades de artistas, feiras

[8] CPPDEC, ART. 2º, 8.

comerciais e artesanais, animação de sítios históricos, religiosos, paisagísticos etc. Esses espaços-tempos são não apenas vetores essenciais de criação, mas também permitem a um grande número de pessoas, graças a uma experiência essencial de admiração e de reciprocidade, desenvolver/concretizar seus direitos culturais.

ARTIGO 9º
(PRINCÍPIOS DE GOVERNANÇA DEMOCRÁTICA)

O respeito, a proteção e a implantação dos direitos enunciados na presente Declaração implicam obrigações para toda pessoa e toda coletividade; os agentes culturais dos três setores, público, privado ou civil, têm a responsabilidade, especialmente no contexto de uma governança democrática, de interagir e, se necessário, de tomar iniciativas para:

a. zela para que sejam respeitados os direitos culturais e desenvolver maneiras de concertação e de participação, a fim de garantir sua realização, particularmente em relação às pessoas mais desfavorecidas, devido a sua situação social ou por pertencerem a uma minoria;

b. garantir especialmente o exercício interativo do direito a uma informação adequada, de modo que os direitos culturais possam ser levados em conta por todos os agentes na vida social, econômica e política;

c. formar seu pessoal e sensibilizar o público para compreender e respeitar o conjunto dos direitos humanos e especialmente os direitos culturais;

d. identificar e levar em conta a dimensão cultural de todos os direitos humanos, a fim de enriquecer a universalidade pela diversidade e de facilitar a apropriação desses direitos por qualquer pessoa, individualmente ou em grupo.

9.1. O art. 9º introduz uma série de artigos dedicados às obrigações e responsabilidades, contribuindo para mostrar como a realização dos direitos culturais implica uma participação democrática exigente no princípio de toda governança democrática.

9.2. Essa abordagem permite um novo questionamento de muitas posturas que, sob o pretexto de que dependeriam de uma chamada neutralidade da razão universal, são apresentadas como "além" das culturas. Trata-se especialmente das "neutralidades" do Estado e do mercado, mas também a da informação, da educação etc. (arts. 6º e 7º). Em face da razão universal, "as culturas" eram necessariamente consideradas como particularistas. A cegueira dessa oposição, seu esquecimento da história, deixam lugar progressivamente à diversidade cultural enquanto viveiro de universalidade e de modernidade: cada esfera social — cada setor do político — tem de inventar uma maneira apropriada de concretizar os direitos humanos na singularidade de sua situação.

OBJETO DO DIREITO

9.3. O conjunto dos direitos culturais, especialmente o direito de participar da vida cultural, está intimamente ligado ao direito de participar da vida política (5.15). A noção de "governança" relaciona-se a diferentes conceitos, que variam conforme a integração mais ou menos forte dos direitos humanos:

- *Um primeiro nível* de "boa governança" é o da boa gestão dos recursos disponíveis por uma administração adequada e por uma participação de todos os agentes da sociedade civil; isso implica especialmente a diminuição do desperdício e da compartimentação, a transparência, o debate público e a luta contra a corrupção.[1]
- *Um segundo nível* de "boa governança" é uma governança garantida pelo estado de direito: essa boa gestão deve ser baseada na supremacia da lei e garantida por ela, o que implica especialmente a separação dos poderes, a estabilidade das instituições e a equidade. Os direitos humanos não estão ausentes nesse nível de compreensão, mas eles não garantem seu fundamento de maneira transversal através dos diferentes domínios do político.[2]
- *Um terceiro nível* é o de uma "governança democrática" que requer uma abordagem baseada nos direitos humanos de maneira sistemática e

---

[1] *Programa das Nações Unidas para o Desenvolvimento* (PNUD), 1997, p. 3. A Comissão dos Direitos Humanos, em sua resolução 2000/64, enumerou, conforme segue, os principais atributos (características) de uma boa governança: transparência, responsabilidade, obrigação de prestar contas (*accountability*), participação, consideração pelas necessidades da população.

[2] Para o PNUD (1997), as características da boa governança são: *Participação*: todos os homens e todas as mulheres devem participar das tomadas de decisão; *Primazia do direito*: equidade dos ambientes jurídicos e aplicação imparcial dos textos jurídicos; *Transparência*: livre circulação das informações; *Capacidade de ajustes*: as instituições e os processos devem objetivar responder às necessidades de todas as partes interessadas; *Orientação do consenso*: papel de intermediário da boa governança entre os diferentes interesses a fim de chegar a um consenso amplo; *Equidade*: todos os homens e todas as mulheres têm a possibilidade de melhorar ou de manter suas condições de vida; *Eficácia e eficiência*: melhor utilização dos recursos; *Responsabilidade*: as pessoas que decidem em nível de governo, de setor privado e de organizações da sociedade civil devem prestar contas.

transversal: a lei deve ser de natureza democrática em seu processo de elaboração e de controle, bem como em seu conteúdo (em conformidade com os instrumentos universais dos direitos humanos). A governança democrática pode ser definida como: "o exercício político de todas as liberdades contidas no conjunto dos direitos humanos, bem como das responsabilidades que correspondem a eles".[3]

9.4. Esse terceiro nível, mais exigente, implica uma participação muito maior das pessoas e de todos os agentes sociais, e só é possível se se levar em conta os direitos culturais. A exigência dos direitos culturais explicita e afirma o princípio de uma governança democrática, ressaltando a importância da utilização pertinente dos recursos culturais e do "cruzamento crítico dos saberes" que constitui um espaço público democrático. O espaço público, enquanto intermediação de saberes e de funções, é fator de segurança contra as tentações de uniformização política, econômica e cultural, mas também contra os desvios sectários de todo tipo. A segurança democrática surge, então, como a vertente política da segurança humana.

9.5. A governança, entendida assim, é dinâmica, fundada em uma abordagem progressista das responsabilidades e obrigações em relação aos direitos humanos. A "boa governança" baseava-se, em grande parte, na ideia clássica das liberdades negativas, segundo a lógica do "laisser faire". Não se trata, aqui, de optar necessariamente por uma política orientada no sentido de mais Estado, mas no sentido de mais democracia participativa. Essa governança associa, para todos os países, desenvolvimento e democratização, segundo a definição proposta por Amartya Sen: "Encaro, aqui, o desenvolvimento como um processo de expansão das liberdades reais de que as pessoas podem usufruir. Dessa maneira, a expansão das liberdades constitui, ao mesmo tempo, a *finalidade última* e o *meio principal* do desenvolvimento, o que eu chamo de 'papel constituinte' e de 'papel instrumental' das liberdades no desenvolvimento".[4] As liberdades não são dadas para sempre, o esclarecimento de seu conteúdo cultural demonstra a necessi-

---

[3] S. Gandolfi, P. Meyer-Bisch, V. Topanou, *L'Éthique de la coopération internationale et l'effectivité des droits humains* (Paris: L'Harmattan, 2006), p. 48.
[4] A. Sen, *Un Nouveau Modèle économique. Développement, justice, liberté* (Paris: O. Jacob, 2000), p. 56; *Development as Freedom* (Nova York: Alfred Knop, 1999). Ver o seu desenvolvimento da liberdade cultural como elemento essencial do desenvolvimento humano no *Relatório Mundial sobre o Desenvolvimento Humano 2004, La Liberté culturelle dans un monde diversifié*, op. cit., pp. 1 ss. [Disponível em língua portuguesa em: <http://www.pnud.org.br/HDR/Relatorios-Desenvolvimento-Humano--Globais.aspx?indiceAccordion=2&li=li_RDHGlobais>]

dade de desenvolvimento de uma cultura democrática exigente. Trata-se de um desenvolvimento para as pessoas, as comunidades e as instituições.

OS AGENTES PÚBLICOS, PRIVADOS E CIVIS

9.6. Os três tipos de agentes, públicos, privados e civis, são aqui considerados como devedores dos direitos culturais, com, em princípio e para cada um conforme sua capacidade, os três níveis de obrigação (0.13) e suas responsabilidades (0.16). É essencial não reduzir cada tipo de agente a um campo limitado, por exemplo, o Estado à política e o privado à economia. Os agentes públicos têm uma responsabilidade essencial para garantir a realização dos valores democráticos e dos direitos culturais, ao intervirem, a título principal ou não, em muitos setores (educação, museus...). Por seu lado, as empresas podem exercer sua atividade em um campo cultural específico. Em todo caso, elas são sempre consumidoras, detentoras e produtoras de saber geral e específico (pesquisa, formação, relações com as partes participantes), influindo na cultura cotidiana (art.10). Enfim, os agentes civis muitas vezes são os atores principais no campo cultural, não só em função de seus objetivos, mas também porque eles são capazes de atrair e de valorizar uma ampla participação. É preciso definir claramente as legitimidades e trabalhar no sentido de um controle e de um reforço mútuos.

9.7. A consideração dos direitos culturais convida a reconhecer a função cultural de muitos e diferentes agentes: ao lado dos "profissionais da cultura" (agindo principalmente nos campos das artes, do patrimônio, dos museus ou, ainda, no ensino), aparecem os sindicatos e as associações profissionais, as empresas de todo tipo, os agentes públicos que operam nos campos sociais e econômicos ou na organização do território, os profissionais da informação etc. Suas ações têm um impacto mais ou menos significativo sobre os direitos culturais.[5] Esse reconhecimento de uma responsabilidade comum em relação ao bem comum resgata os agentes de uma visão que restringiria sua responsabilidade à sua função e utilidade imediatas.

---

[5] "É a reivindicação dos direitos culturais que permite, hoje, o surgimento de novos agentes, e é apenas assim que se pode reconstituir uma capacidade de ação que se enfraqueceu faz vinte anos, em grande parte porque as forças de resistência e de oposição se afogaram na defesa de um modelo econômico há muito tempo inadequado e cujos efeitos perversos não cessaram de crescer." A. Touraine, *Comment sortir du libéralisme?* (Paris: Fayard, 1999), p. 12.

9.8. As obrigações e responsabilidades dos três agentes deveriam ser compreendidas com base no princípio da subsidiariedade. Esse princípio significa que um agente pode — ou deveria — intervir de acordo com suas possibilidades, como complemento do agente ou grupo de agentes diretamente encarregados de uma obrigação ou responsabilidade determinada, mas sem prejudicar a autonomia legítima destes. Quando um detentor é deficiente, outro deveria intervir para fornecer uma "rede de segurança" que permita prevenir violações ou reparar aquelas que já ocorreram. Esse princípio se aplica entre os agentes públicos, mas também entre os três tipos de agentes entre si.

RESPEITAR, PROTEGER, GARANTIR

Letra a. Zelar pelo respeito aos direitos culturais

9.9. Como os direitos culturais passam facilmente desapercebidos, convém generalizar um dever de zelar, que consiste em identificar e tornar visíveis as dimensões e os conteúdos culturais das diversas atividades, bem como as obrigações e responsabilidades dos diversos agentes em relação aos direitos e à diversidade culturais (proteção mútua). Trata-se de inventar continuamente modos de concertação e de participação apropriados, de gastar tempo com a eficácia imediata para chegar à eficácia mediata e, em vez de ignorar ou esvaziar um sentido, produzir um.

9.10. Trata-se, em especial, de proteger e desenvolver a riqueza dos meios culturais. Isso requer, ao mesmo tempo, contribuições externas e uma capacidade de integração, de maneira que se torne um "conjunto dinâmico de referências". A gestão de um meio cultural implica, com efeito, zelar para garantir um equilíbrio dinâmico entre diversidade e unidade. O princípio é conhecido para a gestão dos patrimônios edificados: respeito aos objetos não se limita a uma preservação, mas implica também a possibilidade de destruí-los, de introduzir novos objetivos, bem como novas utilizações dos objetos existentes, das relações entre eles etc. O princípio do equilíbrio dinâmico de um meio cultural manifesta-se especialmente no campo linguístico: convém respeitar a diversidade linguística, bem como as necessidades de comunicação em um território ou em uma instituição. A questão também se coloca no que se refere à capacidade de acolhimento em relação aos migrantes ou, ainda, a bens e inovações técnicas importados. Se é difícil admitir uma "invariação" das culturas, pois os meios são por demais compostos e mutáveis, o fato é que é necessário zelar para que um meio não seja explodido a ponto de as pessoas que nele vivem não poder mais se comunicar. A questão pode ser colocada entre gerações, entre classes sociais ou, ainda, entre comunidades linguísticas, religiosas, étnicas, profissionais. Cada agente cultural tem a responsabilidade de interagir, de fazer trocas com o sentido de seus valores e atividades com os outros agentes, de participar da identidade, ou legibilidade, de um meio, levando em consideração as dialéticas de identidade, especialmente entre unidade e pluralidade (2.5). Ele participa, assim, de uma governança cultural democrática, garantida pelos agentes públicos: cabe a estes proteger e facilitar todos os processos de interação entre os meios culturais.

9.11. A qualidade dessa participação é medida considerando a atenção dada às pessoas menos favorecidas. Não só os direitos dos excluídos não são respeitados, mas seu saber, especialmente seu depoimento sobre as desordens sociais, são perdidos para a sociedade. A mesma demonstração pode ser facilmente feita para as pessoas pertencentes às diversas *minorias* ou grupos minoritários, seja de comunidades autóctones, de migrantes ou de qualquer outro grupo que sofra discriminação.

9.12. No que concerne aos migrantes, as dificuldades de integração na comunidade que os acolhe não devem ser percebidas como uma desistência identitária de princípio. Poucas vezes a realidade está situada nos dois extremos (abandono total dentro de uma comunidade ou assimilação total). Entretanto, por causa da complexidade das construções identitárias e das sensibilidades que esse processo pode provocar, a inclusão em várias comunidades ao mesmo tempo (no caso, comunidade de origem e comunidade de acolhimento) nem sempre é fácil. De maneira geral, a interculturalidade é favorecida pela quantidade de referências culturais de um lado e do outro.

    A construção de uma nação, que é uma vontade de viver junto respeitando e valorizando a diversidade, não pode ser feita com a negação das liberdades culturais. Isso não tira nada da obrigação do migrante de respeitar, por seu lado, as referências da comunidade que o acolhe. Ali, também, a reciprocidade é um princípio de interpretação, desde que sejam levadas em conta as assimetrias das situações. A pessoa que chega em situação de pobreza e de medo em um meio cultural desconhecido tem necessidade de apoio, de mediação e de tempo. As *liberdades* de se referir implicam as *capacidades* de se referir e, portanto, poder dispor dos meios necessários, bem como o respeito às etapas de integração para que as pessoas dentro das comunidades aprendam, mutuamente, a se conhecer e se respeitar. A comunidade que acolhe não se reduz a uma comunidade nacional supostamente monocultural; ela implica a ação, a hospitalidade e as mediações das diversas comunidades que a perpassam: profissionais, locais, religiosas, organizadas espontaneamente em torno da defesa de um valor (comitê de apoio etc.).

Letra b. Garantir o exercício do direito a uma informação adequada

9.13. O dever de zelar — ou obrigação de observar (0.13) — diz respeito essencialmente à qualidade de um espaço público de que todos podem participar. De acordo com o art. 7º, as obrigações de respeito começam por uma atenção escrupulosa ao direito de cada um de participar de uma informação adequada, contribuindo para os sistemas de informação apropriados e seus vários campos de atividade privados, profissionais e públicos.

Cada organização e cada instituição, participando da vida social, econômica e política, deverão esclarecer e levar em consideração o "balanço cultural" de suas atividades e participar, com esse conhecimento, do espaço público geral. O "balanço cultural" pode ser definido como a avaliação documentada dos impactos positivos e negativos da atividade considerada sobre a proteção da diversidade e dos direitos culturais (10.16). Esse balanço é um instrumento importante da governança cultural e exige uma vigilância especial atribuída à efetividade do direito à informação.

Letra c. Formar o pessoal e sensibilizar seus públicos

9.14. Conforme a íntima ligação que a Declaração reconhece entre informação e formação (arts. 6º e 7º), o respeito à disposição contida na letra b acarreta o da letra c. O exercício responsável das liberdades no espaço público implica, para o pessoal de cada agente, uma formação permanente sobre os conteúdos e as dimensões culturais de suas atividades que o torne apto a interagir com seus diversos parceiros e públicos.

Letra d. Identificar e levar em consideração a dimensão cultural de todos os direitos humanos

9.15. Os três tipos de agentes têm a responsabilidade de identificar as repercussões de suas atividades sobre os direitos humanos de modo geral. A identificação das dimensões culturais desses direitos não é um acréscimo, um novo campo de responsabilidade, mas uma integração, uma melhor identificação das responsabilidades existentes. Por exemplo, a consideração das dimensões culturais (da adequação cultural) dos direitos à alimentação, à moradia e aos cuidados, permite compreender melhor o valor e a complexidade desses direitos e, portanto, especificar as obrigações concretas. Essa adaptação às situações particulares não é uma concessão ao relativismo e ao particularismo, é, pelo contrário, um reconhecimento da necessidade de encontrar os valores universais a partir da singularidade das situações. Diversidade e universalidade se correspondem.

9.16. A realização do conjunto dos direitos culturais e, através deles, do conjunto dos direitos humanos implica o desenvolvimento de uma cultura democrática, entendida como governança cultural. Uma cultura democrática, com efeito, não poderia ser reduzida à prática dos direitos civis; ela compreende uma "cultura" no sentido de um trabalho coletivo de produção e de apropriação de sentido, que envolve o conjunto das pessoas que constituem um povo, com respeito a seu igual direito às liberdades fundamentais, sejam quais forem suas convicções e suas diferenças de capacidade. O fator do progresso principal é, sem dúvida, a explicitação das obrigações e responsabilidades de cada agente para desenvolver e comunicar o sentido de suas atividades: os valores para os quais ele pode contribuir e os valores a que ele tem o direito de esperar.

ARTIGO 10
(INSERÇÃO NA ECONOMIA)

Os agentes públicos, privados e civis, no âmbito de suas competências e responsabilidades específicas, devem:
a. zelar para que os bens e serviços culturais, portadores de valor, de identidade e de sentido, bem como todos os outros bens na medida em que tenham uma influência significativa no modo de vida e em outras manifestações culturais, sejam concebidos, produzidos e utilizados de forma a não prejudicar os direitos enunciados na presente Declaração;
b. considerar que a compatibilidade cultural dos bens e serviços muitas vezes é determinada pelas pessoas em situação desfavorável, devido a sua pobreza, seu isolamento ou por pertencerem a um grupo discriminado.

OBJETO DO DIREITO

10.1. Essa disposição diz respeito à integração de direitos, liberdades e responsabilidades culturais na economia. Trata-se não só de levar em consideração os recursos econômicos para a realização dos direitos culturais, mas também de levar em conta os valores culturais nas atividades econômicas. É uma condição da inserção da economia na ordem democrática. Uma governança democrática em sua vertente econômica implica uma interação íntima com sua vertente cultural (5.14). Não é mais possível considerar que o desenvolvimento econômico só deva levar em conta considerações ecológicas, sociais, ou mesmo culturais: é preciso que ele se apoie na valorização dessa diversidade de recursos. Os direitos culturais protegem as capacidades das pessoas e exigem o respeito e a proteção da diversidade cultural, é por isso que sua implantação está no princípio de todo desenvolvimento.

10.2. Não se desenvolve uma pessoa, um grupo, um território, uma nação, pondo à sua disposição montes de dinheiro e receitas importadas. A inadequação cultural das políticas de desenvolvimento é um desperdício e uma violação dos direitos fundamentais. As pessoas e as comunidades se desenvolvem especialmente com base em seus recursos culturais próprios (de que elas conseguiram se apropriar), por exemplo, linguísticos, científicos e técnicos. A valorização desses recursos não exclui, mas sim apela para as trocas interculturais, sem as quais não são possíveis a compreensão dos valores já apropriados e o desenvolvimento das capacidades escolhidas para as soluções inovadoras e mais bem adaptadas. Essa mistura participa do enriquecimento cultural do mundo e de sua unidade na diversidade cultural (3.11). Os recursos culturais constituem um capital cultural, indispensável para todo desenvolvimento integrado e inclusivo, é por isso que os direitos culturais são alavancas essenciais para o desenvolvimento (0.6). Eles constituem não só uma das dimensões do desenvolvimento, mas também garantem, além disso, a integração das outras dimensões através da comunicação dos saberes e dos sentidos; eles são uma condição da valorização mútua dos recursos, o que pode ser uma definição do enriquecimento (0.6).[1]

10.3. Os três tipos de agentes, públicos, privados e civis, são compreendidos, aqui, como agentes econômicos, cada um segundo suas competências e responsabilidades. Todos esses agentes têm a responsabilidade de zelar pela ligação entre as dimensões culturais e econômicas de suas atividades. Isso só pode ser feito através de uma intensa interação entre eles, bem como de uma cultura de subsidiariedade (9.8).

10.4. A parceria entre todos os agentes é tanto mais útil quanto a situação presente é complexa, marcada especialmente pelos fenômenos da globalização e pelas tentativas inversas de "relocalização", portadores, ao mesmo tempo, de pesadas ameaças e oportunidades inauditas. Diversidade cultural e diversidade econômica estão estritamente ligadas: diversidade de recursos, de demandas, de agentes, de ofícios, de modos de trocar, mas também diversidade das bacias econômicas de produção e de troca, e de duração dos desenvolvimentos. A ameaça de padronização ou, pelo contrário, o aumento de oportunidades, dizem respeito a todas as vertentes dessa diversidade.

---

[1] CPPDEC, art. 2º, 4º. Ver *Convenção de Faro*, art. 10 (Patrimônio cultural e atividade econômica): "Visando valorizar o potencial do patrimônio cultural enquanto fator de desenvolvimento econômico duradouro, as Partes se comprometem: a) a aumentar a informação sobre o potencial econômico do patrimônio cultural e a utilizá-la".

Letra a. Zelar pelo valor cultural dos bens e serviços

10.5. *Zelar pela riqueza dos bens e serviços.* O valor cultural de um bem ou serviço permite a apropriação do bem ou serviço. A destruição de um bem e a supressão de um serviço também têm um impacto cultural a ser considerado. O art. 10 retoma a expressão da CPPDEC, as "atividades, bens e serviços culturais portadores de identidades, valores e sentidos", especificando que também são envolvidos bens e serviços que, sem parecer *a priori* como de natureza cultural, têm uma influência significativa no modo de vida e em outras manifestações culturais (5.12).

10.6. Os bens e serviços ordinários são marcados culturalmente de maneira mais ou menos significativa: eles são produto da cultura daquelas e daqueles que os conceberam, fabricaram e difundiram e, por isso, não podem ser culturalmente neutros. Tudo aquilo que se refere aos serviços administrativos, judiciários, médicos, de mobilidade, de alimentação, de moradia, de vestuário ou, ainda, à exploração de matérias-primas, tudo o que diz respeito à realização de um direito humano possui um valor cultural mais ou menos forte. Esses bens e serviços, inclusive quando são de primeira necessidade, não podem ser reduzidos à satisfação de meras necessidades básicas. Entretanto, não há uma distinção muito clara entre bens e serviços pouco ou fortemente marcados culturalmente. Trata-se, mais, de um contínuo. Mas convém identificar o que é importante, não trivial. Se tudo é cultural, tudo não alcança a importância de um bem, de uma prática ou de um valor a respeitar e proteger.

10.7. A letra a do art. 10 propõe zelar para que os bens e serviços em questão sejam concebidos, produzidos e utilizados de maneira a não prejudicar os direitos enunciados na presente Declaração. Isso implica considerar e apreender o valor cultural desses bens e serviços. Conforme as diversas modalidades e conforme também o que estiver em jogo em cada situação, trata-se especialmente de garantir a consulta e a participação das pessoas e comunidades afetadas pelas decisões econômicas que têm grande influência sobre seu modo de vida e manifestações culturais. A ideia não é, de novo, erigir barreiras entre as pessoas e as comunidades sob o pretexto de proteger uma "especificidade cultural": em matéria cultural, a liberdade de circulação de ideias e de obras, sem consideração de fronteiras, é um princípio essencial. Contudo, é preciso levar em conta a dimensão cultural das atividades econômicas e garantir a viabilidade e a durabilidade de determinados bens e serviços culturais, graças à adoção de medidas que não se harmonizam necessariamente com as regras da livre concorrência. Zelar pela integração do cultural na economia no cotidiano é uma maneira muito concreta de definir o direito de cada um de participar da vida cultural, tal como é detalhado no art. 5º b. Em sua atividade, toda pessoa deveria ser capaz de participar (beneficiar, comunicar, produzir) da riqueza cultural, seja do exercício das profissões, da utilização de bens e de serviços, da participação nas artes e nas ciências, ou de viver nos territórios.

10.8. *Zelar pela riqueza dos ofícios (dimensão cultural da produção de bens e serviços)*. Cada ofício é — ou deveria ser — uma atividade cultural. Quando ele perde essa dimensão de colaboração na produção de sentido, um trabalho fica reduzido apenas à produção, isto é, à produtividade (performance na produção): em vez de ser uma atividade que contribua para o desabrochar das capacidades, ela se reduz, então, à sua instrumentalização e, portanto, à sua lenta destruição. Convém, aqui, explicitar o conteúdo cultural do direito ao trabalho. No nível do indivíduo, o trabalho, quando não está restrito somente à produção, é um fator de desenvolvimento, de realização, de aprendizado, e permite a construção de certo vínculo com o mundo. Da mesma forma, antes de ser uma atividade de produção, uma empresa é uma colaboração entre pessoas que contribuem, através de seus diferentes ofícios, para o desenvolvimento de um fator de riqueza humana. Nesse sentido, ela consome saber empregando pessoas formadas e utilizando os saberes de seus parceiros; ela também conserva o saber ao formar seus colaboradores; e ela é, enfim, produtora de saber ao favorecer a criação de novos ofícios, de novas utilizações e ao participar do debate público. Assim, ela intervém de múltiplas maneiras nos saberes dos diferentes participantes interessados (*stakeholders*).

10.9. O respeito aos ofícios, às "regras da arte", é uma das dimensões essenciais da riqueza cultural de uma sociedade. Uma sociedade que não respeita a diversidade e a procura pela excelência na cultura dos ofícios torna-se anômica, incapaz de respeitar as condições concretas do desenvolvimento das identidades culturais individuais e coletivas. Valorizar especialmente a capacidade cultural de cada profissão consiste em tornar visível a dignidade dos ofícios.

10.10. *Zelar pela riqueza dos territórios*. Trata-se de zelar para que toda atividade econômica se inscreva nos territórios favorecendo o sentido escolhido e desejado pelas pessoas afetadas, e não em uma destruição do sentido ou na submissão a um sentido imposto. De maneira geral, convém respeitar, proteger e valorizar os potenciais dos territórios favorecendo os vínculos concretos que ligam os seres humanos aos recursos que os cercam. O respeito aos direitos culturais significa o respeito aos vínculos apropriados entre as pessoas e seu meio. Um território é um amálgama de recursos culturais, ecológicos, econômicos, sociais e políticos, em uma mistura interna e externa permanente, que uma boa economia leva em consideração.[2] Desde o momento em que os bens e serviços estão prontos para serem levados (trocados ou dados) para fora de sua esfera original de produção e, portanto, de consumo de proximidade, as consequências culturais dessas trocas, também aquelas que provam ser muito positivas, devem ser levadas em consideração. O perigo de uma deslocalização é desprezar e romper o vínculo cultural que dá sentido a uma atividade econômica, indo da concepção à utilização, do trabalho ao consumo ou ao uso, e à destruição ou reciclagem.

Letra b. Pobreza e compatibilidade cultural dos bens

10.11. *Reabilitar* a riqueza dos pobres. A expressão é paradoxal. É essencial considerar as capacidades das pessoas em situação de pobreza e reforçar suas capacidades em vez de querer transferir meios do exterior. Nessa perspectiva, não se trata realmente de "lutar contra" a pobreza, mas de "lutar pelo" reconhecimento e pela valorização das capacidades. As sociedades que se preocupam efetivamente com os direitos humanos devem considerar a questão da compatibilidade cultural dos bens e serviços que elas propõem às pessoas em situação de pobreza. Trata-se de zelar para não privá-las da única riqueza que talvez lhes sobre: sua dignidade, fundada em uma identidade cultural frequentemente digna de nota. Trata-se também de não considerar as situações de pobreza como simples falta de recursos econômicos, mas como o resultado de lógicas economicamente desastrosas, injustas e desculturalizantes. As pessoas em situação de pobreza têm, prioritariamente, o direito de participar da identificação e da compreensão das lógicas de empobrecimento. A título de exemplo, o não respeito

---

[2] Ver a *Convenção de Faro*, arts. 7º a 10.

aos direitos à educação e à informação não pode ser explicado unicamente por uma falta de recursos monetários, já que a realização desses direitos é um dos fatores primordiais de geração de recursos. De fato, houve discriminação no acesso a esses direitos e desvio de recursos. Da mesma forma, é importante compreender por que comunidades se viram privadas de suas culturas alimentares tradicionais, das formas de poupança e de solidariedade, ou de qualquer outra atividade que contribuía eficazmente para seu equilíbrio social, cultural e econômico e, portanto, para sua autonomia. Esses obstáculos que figuram entre as causas essenciais da manutenção das condições de pobreza são explicados parcialmente pelo receio, por parte do poder, de ser recolocado em questão o aumento da autonomia de certas populações.

10.12. *Os perigos da ajuda aviltante*. Com frequência, tem se constatado em especial o caso extremo do problema apresentado por uma ajuda alimentar que traz uma nutrição inadequada para uma população que passa fome. Ela pode ser inadequada economicamente, quando é importada sem que se considere suficientemente o equilíbrio dos mercados locais, e culturalmente quando ela não leva em conta os valores sociais e espirituais que comportam o direito à alimentação. Fica-se, então, diante de uma violação múltipla: as pessoas são "beneficiárias" de uma nutrição que rompe seus vínculos sociais, ecológicos, econômicos, culturais e políticos.[3] Essa violação múltipla, constitutiva da pobreza, atinge pessoas em situação de sobrevivência e, portanto, sem livre escolha e sem possibilidade de se manifestar. É importante coletar e analisar esses depoimentos, pois apenas uma pessoa testemunha de capacidades presentes e desperdiçadas pode orientar as políticas em suas escolhas referentes aos direitos fundamentais.

10.13. *Prioridade à observação participativa*. Se os recursos culturais das pessoas em situação de pobreza são essenciais, eles também são extremamente frágeis e facilmente desprezados. Por essa razão deve-se dar prioridade a uma observação permanente que favoreça a participação de todas aquelas e de todos aqueles que são testemunhas de capacidades valiosas. O respeito ao direito de todos de participar da informação é, mais uma vez, uma condição da concretização. A prioridade é recolher os saberes disponíveis e organizar sua mútua valorização. Não é de espantar, sob

---

[3] Aqui ocorre a violação de múltiplos direitos ligados ao direito à alimentação por desprezar o princípio da interdependência. Essas violações podem ser consequências de discriminações, quando, por exemplo, as populações são privadas de nutrição adequada por causa de sua filiação cultural.

essa perspectiva, o pouco sucesso dos objetivos do milênio,[4] na medida em que estes são fundados, antes, em objetivos de produção de bens correspondendo a necessidades, do que no respeito e proteção dos direitos humanos: direitos de participar livremente de relações sociais adequadas. Essas relações é que são produtoras de bens e reguladoras de sua produção, e não os bens que produzem o social.

10.14. *O valor dos setores informais*. Nos países onde existe um importante setor artesanal, em grande parte informal, é primordial reconhecer a existência cultural e econômica dessa atividade, pela qual milhões de homens e de mulheres, apesar das condições difíceis, tecem um vínculo social, econômico e cultural. Ignorar esse setor ao medir o produto interno bruto (PBI) é desprezar as pessoas afetadas e um erro de análise que prejudica as estratégias de desenvolvimento. Fica claro que o principal reservatório de empregos para os mais desfavorecidos, por causa de sua pobreza econômica, de seu isolamento ou de fazerem parte de um grupo discriminado, reside na valorização de suas riquezas culturais e de seu potencial de criatividade, dessa maneira colocando à frente as potencialidades de seus territórios ao mesmo tempo que conservam o domínio deles.[5] Os vínculos de proximidade entre ofícios e recursos devem ser reforçados e valorizados. Mais do que ignorar o setor informal, convém observar de maneira participativa os meios de valorizá-lo e a necessidade de transformá-lo gradualmente, integrando-o em um sistema que permita perenizar os empregos, tornar confiável a formação profissional, ter acesso ao crédito e a formações mais bem adaptadas, e criar novas atividades. Esse respeito em nada tira da possibilidade de "implantar" outros tipos de atividades, na medida em que tais implantações melhoram o equilíbrio dinâmico dos sistemas econômicos existentes. Mas o sistema assim desenvolvido não pode ser reduzido a um único modelo — algumas vezes considerado como culturalmente neutro —, levando a um empobrecimento geral da diversidade e, portanto, da economia mundial.

---

[4] A título de exemplo, como ficou demonstrado desde a Conferência de Teerã sobre a eliminação do analfabetismo no mundo, em 1965, e reafirmado sem cessar desde então em todas as conferências internacionais especializadas, reduzir rapidamente o analfabetismo só é possível se o direito a aprender a ler, escrever e calcular em sua própria língua é plenamente reconhecido e colocado em prática, tanto no que se refere ao ensino formal, quanto à educação de base não formal para aqueles e aquelas que jamais foram escolarizados (alfabetização de adultos e especialmente de mulheres, que são particularmente atingidas por esse fenômeno).

[5] Johannes Jütting, Juan R. de Laiglesia, *L'Emploi informel dans les pays en développement, une normalité indépassable?* ([S.l.]: Éditions OCDE, 2009, 170 pp).

10.15. *Os bens culturais dependem, em boa parte, do bem comum*. A realização dos direitos culturais em sua dimensão econômica não pode ser imputada a um único agente; ela implica uma prática exigente de subsidiariedade. A fim de valorizar esse difícil objetivo, levando em conta as lógicas de compartimentação social e institucional, é importante reabilitar de modo teórico e prático a noção de bem comum. Com frequência, a realização de um direito ou grupo de direitos humanos define um bem comum (espaço público, saúde pública, justa ocupação dos territórios, equilíbrio do mercado de trabalho, dos mercados da agroalimentação, dos medicamentos, dos grandes sistemas ecológicos, especialmente da água, diversidade dos saberes etc.). Economistas e pesquisadores das instituições internacionais encarregadas especialmente da regulação, do financiamento e da avaliação da economia mundial têm feito, nestes últimos anos, uma reflexão convergente sobre a noção de "bens públicos mundiais",[6] como base teórica de uma nova cooperação econômica realista, fundada no respeito integral aos direitos humanos. Todas as principais formas de saberes, elementos do patrimônio comum da humanidade, podem ser consideradas dessa categoria. Além disso, elas são necessárias para a compreensão e, portanto, para o respeito e a valorização dos outros bens públicos.

10.16. A identificação das responsabilidades comuns em relação aos bens públicos regionais e mundiais deveria permitir detectar os reservatórios de emprego, bem como a valorização do meio ambiente, nos setores onde economia e cultura estão mais intimamente interligados. A título de exemplo, a limitação dos impactos negativos e, pelo contrário, a valorização dos impactos positivos das dimensões culturais do turismo, atividade econômica mundial primordial, permitem conceber um desenvolvimento racional das trocas culturais em benefício de todos. Essa observação vale para tudo o que se refere à circulação de pessoas e de bens: é indispensável integrar os balanços culturais aos balanços econômicos e sociais, bem com aos balanços políticos (9.13).

---

[6] Para maiores informações sobre essa noção, ver Karl, Grunberg e Stern, *Global Publics Goods: International Cooperation in the 21st Century* (Nova York: UNDP, 1999). Ver 2007.

10.17. Um balanço só tem sentido se estiver acoplado a um sistema participativo de indicadores, este mesmo em permanente adaptação. Seguindo as indicações do Comitê de Direitos Econômicos, Sociais e Culturais no campo do direito à educação, parece ser extremamente pertinente, tanto do ponto de vista da legitimidade quanto da eficácia, construir sistemas de indicadores a partir das quatro capacidades dos sistemas de responder aos direitos das pessoas (5.19). "Painéis de instrumentos" desse tipo permitem uma condução democrática e econômica. Eles seriam especialmente úteis no âmbito dos mecanismos de supervisão dos tratados e do Exame Periódico Universal (EPU).

ARTIGO 11
(RESPONSABILIDADE DOS AGENTES PÚBLICOS)

Os Estados e os diversos agentes públicos, no âmbito de suas competências e responsabilidades específicas, devem:
a. integrar em sua legislação e em suas práticas nacionais os direitos reconhecidos na presente Declaração;
b. respeitar, proteger e concretizar os direitos enunciados na presente Declaração em condições de igualdade, e dedicar ao máximo seus recursos disponíveis a fim de garantir seu pleno exercício;
c. garantir que qualquer pessoa, individualmente ou em grupo, invocando a violação de direitos culturais, tenha acesso a recursos eficazes, especialmente jurisdicionais;
d. reforçar os meios de cooperação internacional necessários para essa concretização e, especialmente, intensificar sua interação dentro dos competentes órgãos internacionais.

11.1. A Declaração se dirige ao conjunto dos "agentes culturais", relativos aos três setores, público, civil e privado. Por conseguinte, os diferentes "agentes públicos", a começar pelos Estados, têm responsabilidades próprias que aqui se trata de enfatizar. Vários artigos substanciais da Declaração já se referem, aliás, ao papel dos poderes públicos de maneira implícita — como o art. 5º, que visa a "proteção dos direitos morais e materiais" dos criadores — ou de maneira explícita — como o art. 6º d, que menciona a intervenção do Estado para definir as "regras mínimas" em matéria de educação. Por outro lado, o art. 1º fixa uma cláusula de salvaguarda ao se referir à "legislação e à prática de um Estado e ao direito internacional".

OBJETO DA RESPONSABILIDADE PÚBLICA

11.2. O direito internacional faz pesar sobre os Estados a obrigação primordial de respeitar, proteger e concretizar ou garantir os direitos humanos (0.13).

Esse ponto de vista tem de ser explicitado. Mesmo que eles possam, sozinhos, assumir sua responsabilidade em direito internacional, na prática os Estados federativos, que muitas vezes agrupam comunidades culturais ou linguísticas diferentes, deixam um grande lugar para suas entidades constitutivas. Por outro lado, os Estados unitários frequentemente delegam sua competência às diversas autoridades territoriais, operando uma "descentralização cultural". Com efeito, assiste-se a um movimento de levar em consideração, pelas coletividades territoriais, sua responsabilidade própria no campo dos direitos humanos através de uma democracia de proximidade, reforçada pelo fato de que o respeito aos direitos culturais contribui para identificar os territórios nos quais eles são exercidos.

11.3. Como o preâmbulo, que menciona os Estados "*e suas instituições*", o alcance do art. 11 é amplo, pois ele faz referência aos "*diversos agentes públicos*". Isso abarca os diferentes poderes locais e regionais — Estados confederados, províncias, regiões, municipalidades e outras coletividades locais —, mas também os estabelecimentos públicos culturais, como as universidades e os estabelecimentos escolares, os museus e as outras instituições culturais, tanto em nível nacional quanto local. Através da noção de serviço público cultural, logo se chega, por outro lado, aos limites entre o setor público propriamente dito e o setor privado (especialmente "empresas culturais") ou o setor civil (fundações, instituições filantrópicas...). Na prática, com muita frequência constitui-se um setor misto: as subvenções públicas (nacionais, regionais ou locais) vêm apoiar as iniciativas privadas, assim como as ações de mecenato privado (quando não são parceiros puramente comerciais) vêm enriquecer as grandes instituições culturais.

RESPEITAR, PROTEGER, GARANTIR

Letra a. Integrar em suas legislações e em suas práticas nacionais

11.4. Tendo em vista que a Declaração está baseada nos instrumentos internacionais pertinentes, é necessário integrar seu conteúdo nas legislações e nas práticas nacionais. Integrar no direito interno de cada país os direitos culturais implica reconhecer sua plena justiciabilidade. De modo mais geral, impõe-se um esforço sistemático para deixar em conformidade textos, políticas e práticas com os instrumentos internacionais. Essa disposição se aplica ao conjunto dos escalões normativos no âmbito do federalismo ou da descentralização territorial.

Letra b. Respeitar, proteger e concretizar, em condições de igualdade, e dedicar ao máximo seus recursos disponíveis para garantir seu pleno exercício

11.5. Depois dessa exigência de coerência jurídica, o art. 11 retoma o tríptico das obrigações. Facilmente pode-se reconhecer dois princípios que estão na base do art. 2º do PIDESC.
- A expressão "*condições de igualdade*" remete ao princípio de não discriminação que foi objeto da Observação Geral 20 (2009) do Comitê dos Direitos Econômicos, Sociais e Culturais, e que vem completar a Observação Geral 18 (1989) do Comitê dos Direitos Humanos (1.5, 1.6).
- A obrigação dos Estados de garantir a concretização dos direitos culturais "*ao máximo de seus recursos disponíveis*" tem de ser explicitada. Note-se que o advérbio "progressivamente" não foi retomado, mas a margem de apreciação dos poderes públicos continua grande na alocação dos orçamentos culturais e na escolha das prioridades: deve-se dar preferência aos espetáculos ao vivo ou aos monumentos históricos, às coleções nacionais ou aos estabelecimentos descentralizados, aos conservatórios de música ou às línguas regionais, ao acesso à diversidade das referências culturais na televisão ou ao ensino? De qualquer modo, a lógica da obrigação de implementar os direitos vem nuançar fortemente essa margem de manobra. *Garantir* implica implementar, tornar concretos os direitos garantidos, inclusive através de planos de ação cultural, programas de educação, de formação permanente e de sensibilização, políticas de subvenção, de ajuda e de apoio às associações culturais etc. Não se trata, para o Estado nem para os outros agentes públicos, de impor um monopólio estatal ou uma "cultura oficial", mas de tornar os direitos culturais uma prioridade, reconhecendo e incentivando as iniciativas culturais em todos os níveis. Isso implica também uma gestão do espaço (com locais e lugares adaptados), bem como do tempo (alternando trabalho, repouso e "lazeres", como enfatiza o art. 24 da Declaração Universal).

Letra c. O acesso a recursos efetivos, especialmente jurisdicionais

11.6. A preocupação com a coerência jurídica da alínea a conduz logicamente à questão dos recursos efetivos. O direito a garantias efetivas faz parte, agora, dos princípios gerais do direito. Ele não diz respeito apenas aos recursos individuais, mas também aos recursos "coletivos" que podem ser próprios de uma pessoa jurídica, especialmente uma associação, ou de um grupo de indivíduos, traduzindo uma comunidade de interesses. Também a noção de recurso é muito ampla e pode assumir a forma de recursos administrativos ou não contenciosos (por exemplo, perante um mediador ou uma autoridade especializada na luta contra as discriminações), bem como de recursos contenciosos, "jurisdicionais", no plano interno de cada país ou no âmbito de procedimentos internacionais.[1] Sob esse aspecto, só se pode comemorar a adoção de um protocolo facultativo ao Pacto Internacional relativo aos direitos econômicos, sociais e culturais.

Letra d. Os meios da cooperação internacional

11.7. A última alínea evoca o art. 2º, §1, do Pidesc referente ao engajamento do Estado em "agir, tanto por seu esforço próprio quanto pela assistência e cooperação internacionais", e o art. 23, referente às "medidas de ordem internacional destinadas a garantir a realização dos direitos". Trata-se, aqui, de incentivar todos os agentes públicos a reforçarem a cooperação internacional. Isso pode tomar a forma de uma mobilização dos Estados-membros das organizações internacionais competentes, como a ONU, a UNESCO, a OMC, ou, ainda, a OIF. As organizações regionais também têm um grande papel a representar para valorizar os recursos culturais e as estratégias de proteção dos direitos culturais em sua região, através de acordos e de ações em matéria de autonomia local e regional e de cooperação transfronteiriça.

11.8. Essa cooperação também pode assumir a forma de redes institucionais ou profissionais internacionais, o limiar dos setores público, privado e civil, quer se trate de Conselhos,[2] ou de redes de observação,[3] ou qualquer outro dispositivo. Uma vez que os recursos e os desafios não estejam delimitados estritamente pelas fronteiras, é essencial colaborar nos processos de observação e de ação em nível internacional, de permutar métodos e resultados. Uma atenção especial deve ser dada à cooperação entre autoridades públicas (geminação de comunas e de regiões) e entre agentes culturais (universidades, escolas, mídia e agências de imprensa, museus, organizadores de espetáculos...) para garantir o máximo de circulação de pessoas e de saberes. Ao fazer isso, as ações traduzem o dinamismo, a pluralidade e a solidariedade das "comunidades culturais" sem considerar as fronteiras.

---

[1] Ver também CDESC, Observação Geral 21, §72.
[2] Por exemplo, o Conselho Internacional dos Monumentos e dos Sítios (Icomos).
[3] Por exemplo, a Rede Árabe para os Direitos Econômicos, Sociais e Culturais (Aradesc), organizada pela UNESCO e pelo Isesco.

ARTIGO 12
(RESPONSABILIDADE DAS ORGANIZAÇÕES INTERNACIONAIS)

As organizações internacionais, no âmbito de suas competências e responsabilidades específicas, devem:
a. garantir, no conjunto de suas atividades, a consideração sistemática dos direitos culturais e da dimensão cultural dos outros direitos humanos;
b. zelar para que eles sejam inseridos coerente e progressivamente em todos os instrumentos pertinentes e em seus mecanismos de controle;
c. contribuir para o desenvolvimento de mecanismos comuns de avaliação e de controle transparentes e efetivos.

OBJETO DA RESPONSABILIDADE DAS ORGANIZAÇÕES INTERNACIONAIS

12.1. O crescimento exponencial do número de organizações internacionais, compreendidas como organizações intergovernamentais (daqui em diante chamadas de OIGs), dedicadas a uma grande diversidade de setores, é uma das características das relações internacionais modernas. A cooperação internacional precisa, com frequência, da criação de instituições que transcendam o interesse próprio de cada Estado e que possuam uma personalidade jurídica distinta daquela dos membros que a constituem. Entretanto, a transferência ou o compartilhamento da soberania que os Estados operam em benefício dessas organizações, e o déficit de garantia/responsabilidade e de democracia participativa que resulta disso, podem gerar certas inquietações,[1] especialmente em matéria de respeito e proteção aos direitos humanos. A crescente influência das OIGs como agentes, criando e pondo em aplicação normas internacionais que têm um impacto direto ou indireto na promoção e proteção dos direitos culturais, obriga a refletir mais adiante sobre a questão da própria responsabilidade des-

---

[1] Cf. J.E. Alvarez, *International Organizations as Law-makers* (Oxford: Oxford University Press, 2005); D. Sarooshi, *International Organizations and their Exercise of Sovereign Powers* (Oxford: Oxford University Press, 2005).

sas organizações e da articulação dessa responsabilidade com as de seus Estados-membros.

12.2. Como já foi enfatizado anteriormente, em direito internacional, os Estados são os avalistas primordiais de obrigações no campo dos direitos humanos. Entretanto, contribuindo com um espaço dentro do qual interagem as nações em sua diversidade, as OIGS têm autonomia e capacidade próprias em relação aos Estados, e não são apenas agências de cooperação técnica. Como os Estados, sua missão não é fazer tudo por elas mesmas, mas de propiciar, ao máximo, a cooperação não só entre os Estados-membros, mas também com os agentes civis e privados. As iniciativas de cooperação e parceria duráveis entre os três tipos de agentes são uma via necessária para levar em consideração os direitos culturais no conjunto das atividades humanas. Quer se trate das Nações Unidas, segundo o espírito da iniciativa do Pacto Mundial,[2] ou da Organização Internacional do Trabalho, aplicando sua estrutura tripartida, e principalmente da UNESCO, especialmente com a estrutura das Comissões Nacionais,[3] trata-se de generalizar a conscientização de que essa responsabilidade é comum e que o que está em jogo é importante para a orientação e a coordenação éticas das atividades em nível mundial.

12.3. A Comissão do Direito Internacional reconheceu a necessidade de esclarecer as responsabilidades das OIGS e adotou uma série de artigos sobre o assunto,[4] que correspondem ao modelo estabelecido em 2001 referente à responsabilidade do Estado por fatos internacionalmente ilícitos.[5] É importante observar que esse projeto mantém a posição de que as OIGS têm obrigações legais que derivam das regras costumeiras do direito internacional, dos tratados, dos princípios gerais do direito aplicáveis dentro da ordem jurídica internacional e, em certas circunstâncias, das regras constitutivas dessas organizações.[6] Entretanto, sendo as oigs apenas excepcionalmente partes de um tratado relativo aos direitos humanos,[7] fonte

---

[2] "Quem fala em melhor governança, fala em participação e responsabilidade aumentadas. É por isso que é preciso, antes, abrir o domínio público internacional, inclusive a Organização das Nações Unidas, a outros agentes cuja contribuição é indispensável." K. Annan, *Rapport et Déclaration du Millénaire*. Disponível em: <http://www.ohchr.org/french/issues/development/governance/index.htm>.

[3] Ainda existe muito por fazer, porém, para que as comunidades epistêmicas ocupem o lugar que lhes caberia no funcionamento da UNESCO.

[4] Comissão de Direito Internacional, Relatório da 61ª sessão, A/64/10, 2009.

[5] Comissão de Direito Internacional, UN Doc.A/56/49 (v.1)/Corr.4.

[6] Comissão de Direito Internacional, A/64/10, 2009, comentários ao art. 9º.

[7] Ver especialmente o Protocolo n. 4 da CEDH, art. 17, autorizando a ratificação da Convenção pela União Europeia (instrumento não catalogado). Ver também a *Convenção sobre a Proteção e a Promoção da Diversidade de Expressões Culturais*, art. 27, que autoriza a adesão das organizações regionais de integração econômica. A comunidade europeia aderiu a esse instrumento em dezembro de 2006.

principal das obrigações em matéria de direitos humanos, muitas vezes será difícil determinar sua responsabilidade legal internacional.[8]

12.4. Várias organizações internacionais cujas atividades se referem mais ou menos indiretamente ao campo dos direitos culturais estão especialmente em questão aqui. A UNESCO é a agência especializada que tem o mandato mais explícito no campo dos direitos culturais. Ela tem a oportunidade de fazer a ligação entre os vários campos, que são a cultura, a informação, a educação, as artes e as ciências.

12.5. Muitas outras organizações, cujas atividades podem ter um impacto importante nas práticas culturais e nos modos de vida deveriam reconhecer sua responsabilidade no campo da proteção dos direitos culturais. Em especial, deve-se citar o Banco Mundial, a Organização Mundial para a Propriedade Intelectual (OMPI), a Organização Mundial do Comércio (OMC), a Organização Mundial da Saúde (OMS), a Organização das Nações Unidas para a Alimentação e a Agricultura (FAO) ou, ainda, a Organização Internacional do Trabalho (OIT), ou, ainda, organizações regionais como o MERCOSUL e a ASEAN.

12.6. Em nível regional, organizações como a União Africana, a Organização dos Estados Americanos, a União Europeia e o Conselho da Europa são importantes produtoras de normas que têm repercussões diretas ou indiretas no campo dos direitos e da diversidade culturais. Mas muitas vezes os direitos culturais continuam sendo os primos pobres em todas essas atividades.

12.7. Certas OIGS, que foram constituídas com base no partilhar de um valor cultural comum, como a Organização Internacional da Francofonia (OIF), cuja missão é contribuir para a paz e a democracia na comunidade dos Estados que compartilham a língua francesa, estão igualmente ativas no campo dos direitos e da diversidade cultural. É o caso da Comunidade dos Países de Língua Portuguesa e de Língua Espanhola, e a Conferência dos Estados Islâmicos, em especial com a ISESCO.

---

[8] Sobre o conjunto dessa questão, ver *La Soumission des organisations internationales aux normes internationales relatives aux droits de l'homme*, Sociedade Francesa para o Direito Internacional, Jornadas de Estudos de Estrasburgo (Paris: Pedone, 2009, 142 pp).

12.8. A expressão "mandato e responsabilidades específicas" deve ser tomada de maneira ampla, a fim de incluir as OIGs como as enumeradas acima. É principalmente para essas OIGs que a questão das responsabilidades em matéria de respeito, de proteção e de concretização dos direitos culturais deve ser colocada. O objeto do art. 12 é propor as grandes linhas de uma responsabilidade geral para essas organizações, decorrentes especialmente da ética política (0.16), portanto, inclusive na falta eventual de uma obrigação jurídica direta, cujo esclarecimento exigiria, aqui, um estudo, organização por organização, especialmente de seus atos constitutivos.

12.9. Nota-se, a esse respeito, que, segundo a CDESC, os Estados, "enquanto membros de organizações internacionais", tais como UNESCO, OMPI, OIT, FAO, OMSA E OMC, "têm a obrigação de adotar todas as medidas possíveis para garantir que as políticas e as decisões dessas organizações no campo da cultura e nos setores conexos estejam de acordo com as obrigações decorrentes do Pacto, em particular as enumeradas no art. 15, no §1 do art. 2º e nos arts. 22 e 23, relativas à assistência e à cooperação internacionais". Por outro lado, "os órgãos e as instituições especializadas das Nações Unidas deveriam, dentro de seus respectivos campos de competência e de acordo com os arts. 22 e 23 do Pacto, adotar as medidas internacionais de natureza a contribuir para a realização progressiva do direito enunciado no §1 a do art. 15 do Pacto. UNESCO, OMPI, OIT, FAO, OMS, em particular, bem como as outras instituições, fundos e programas competentes das Nações Unidas, são convidadas a redobrarem seus esforços para levar em consideração os princípios e obrigações relativos aos direitos humanos em seus trabalhos vinculados ao direito de cada um de participar da vida cultural, em colaboração com o Alto Comissariado das Nações Unidas para os direitos humanos".[9]

Letra a. Garantir, no conjunto de suas atividades, a tomada de consideração sistemática dos direitos culturais

12.10. Não se pode mais afirmar que as OIGs são "regimes isolados", ligadas unicamente à aplicação de suas próprias leis internas, sem considerar a

---
[9] Observação Geral 21, §75-76.

maneira como essas leis interagem com outras obrigações, entre elas as relativas aos direitos humanos.[10] Felizmente, na prática, as OIGS têm a responsabilidade de integrar as normas relativas aos direitos humanos, inclusive os direitos culturais, na elaboração de suas políticas, normas e atividades de funcionamento. O risco da falta de coordenação continua, entretanto, entre as instituições.

12.11. Mesmo as organizações internacionais que não têm um mandato diretamente ligado aos direitos culturais têm a responsabilidade de garantir que suas atividades não sejam um obstáculo para a realização desses direitos. Assim, certas organizações desenvolveram mecanismos de controle que levam em conta o impacto de suas atividades sobre os direitos culturais. Desde sua criação em 1993, o painel de inspeção do Banco Mundial fornece às comunidades a possibilidade de solicitar uma avaliação sobre um projeto do Banco. Em certos casos, o painel de inspeção produziu relatórios recomendando que o Banco modifique seu projeto a fim de melhor levar em consideração as inquietações da sociedade civil, incluindo aquelas relativas à proteção dos direitos culturais.[11]

12.12. A adoção, pelas OIGS, de instrumentos jurídicos que compreendem garantias em matéria de direitos culturais é um indício importante. Por exemplo, a Carta da União Europeia sobre os Direitos e Liberdades Fundamentais (2000) contém vários artigos que garantem os direitos culturais, tais como o direito à educação e às liberdades artísticas e científicas, bem como uma garantia geral de respeito à diversidade cultural.[12] A Carta obriga as instituições da União Europeia a respeitarem esses direitos culturais e a diversidade cultural em suas políticas, programas e atividades.

---

[10] Ver, por exemplo, a Comissão de Direito Internacional, "Conclusions of the Work of the Study Group on the Fragmentation of International Law: Difficulties Arising from the Diversification and Expansion of International Law", *Yearbook of the International Law Commission*, 2006, v. II, segunda parte.
[11] Em 1993, depois de muitas controvérsias, o Banco retirou seu apoio a um projeto de hidrelétrica que teria sido o maior projeto jamais empreendido pelo Nepal. O Painel de Inspeção, com efeito, concluiu que esse projeto poderia prejudicar "a cultura e a própria vida das populações autóctones". Ver, por exemplo, Laurence de Boisson de Chazourne, "Le Panel d'inspection de la Banque Mondiale: A propos de la complexification de l'espace public international", *Revue Générale de Droit International Public*, n. 1, pp. 145-62, 2001.
[12] União Europeia, *Charter of Fundamental Rights of the European Union*, 2000/C 364/01, arts. 13, 14 e 22. Disponível em: <http://www.europarl.europa.eu/charter/default_en.htm>.

Letra b. Zelar para sua inserção coerente e progressiva em todos os instrumentos pertinentes

12.13. Levar em consideração os direitos culturais permite desenvolver as exigências de coerência ligadas à indivisibilidade dos direitos humanos. Assim, o CDESC, em sua Observação Geral 21, enfatizou especialmente a pertinência de diversas normas, inclusive nos instrumentos relativos aos direitos civis e políticos, como fundamento do direito de fazer parte da vida cultural.[13] As liberdades civis e políticas, em especial as enunciadas nos arts. 18, 19, 21 e 22 do PIDCP, devem ser interpretadas em conjunto com o art. 15 do PIDESC.

Letra c. Contribuir para o desenvolvimento de mecanismos comuns

12.14. Contribuir para o desenvolvimento de mecanismos eficazes para a avaliação e o controle dos direitos culturais é particularmente importante, desde que se inclua, nessa obrigação, a de observar, que é seu princípio. Várias OIGS, especialmente a UNESCO, têm uma vasta coleção de dados sobre o campo cultural. Entretanto, isso não basta para criar um sistema de observação sobre a efetividade dos direitos culturais. De fato, não basta contabilizar os resultados, confrontando-os com os recursos investidos. Convém principalmente observar as condições que tornam possível ou impossível o exercício das liberdades culturais e, portanto, da criatividade. Essas condições interferem na efetividade dos outros direitos humanos. A colaboração das OIGS, baseada nos princípios de indivisibilidade e de interdependência dos direitos humanos, só pode reforçar o desenvolvimento de mecanismos comuns de avaliação e de controle dos direitos culturais e das dimensões culturais dos outros direitos humanos.

---

[13] Observação Geral 21, § 3.

ANEXO 1
ANTECEDENTES, AS ETAPAS DE UMA REDAÇÃO

1988-9 IIEDH. Na sequência da série de sete colóquios dedicados à indivisibilidade dos direitos humanos organizados pelo Instituto Interdisciplinar da Ética e dos Direitos Humanos da Universidade de Friburgo (IIEDH), a Direção dos Direitos Humanos do Conselho da Europa apresenta a proposta de dedicar um estudo aos direitos culturais numa perspectiva universal dentro da indivisibilidade e não apenas no contexto das minorias. A colaboração é introduzida com a UNESCO (Direção dos Direitos Humanos e da Paz).

1991 IIEDH. Oitavo colóquio do IIEDH em Friburgo: *Les Droits culturels, une catégorie sous-dévelopée de droits de l'homme* [Os direitos culturais, uma categoria subdesenvolvida de direitos humanos],[1] em cuja conclusão é criado o grupo de trabalho. Depois ele será chamado de "Grupo de Friburgo" nos trabalhos do Conselho da Europa.

1993-6 CONSELHO DA EUROPA. A Cúpula de Chefes de Estado e de Governo dos Estados-Membros do Conselho da Europa que foi realizada em Viena, em outubro de 1993, decidiu *"subscrever compromissos políticos e jurídicos relativos à proteção das minorias nacionais na Europa"* e encarregou o Comitê de Ministros do Conselho da Europa *"de elaborar os instrumentos jurídicos apropriados, a saber: uma convenção quadro detalhando os princípios que os Estados signatários se comprometem a respeitar para garantir a proteção das minorias nacionais; um protocolo completando a Convenção Europeia dos Direitos Humanos no campo cultural com disposições que garantam os direitos individuais, especialmente em relação a pessoas que pertencem a minorias nacionais".*

O grupo de Friburgo apresentou ao Conselho da Europa [*Comitê ad hoc para a Proteção das Minorias Nacionais* (CAHMIN)], encarregado de concretizar a decisão já mencionada da Cúpula de Viena, um projeto de protocolo para a Convenção Europeia dos Direitos Hu-

---

[1] P. Meyer-Bisch (org.), *Les Droits culturels, une catégorie sous-dévelopée de droits de l'homme* (Friburgo: Éditions Universitaires, 1993).

manos. A *Convenção Quadro para a Proteção das Minorias Nacionais* foi aberta para assinaturas em 1º de fevereiro de 1995, e entrou em vigor três anos mais tarde. Mas o CAHMIN não conseguiu redigir um protocolo para o CEDH. O Comitê dos Ministros decidiu, em janeiro de 1996, suspender os trabalhos ao mesmo tempo que continuava a reflexão *"sobre a viabilidade de estabelecer novas normas no campo cultural e no da proteção das minorias nacionais, levando em conta a Declaração adotada na Cúpula de Viena"*.

A seguir, o grupo de trabalho foi ampliado com a participação de membros da UNESCO e do Conselho da Europa. Ele abordou uma segunda etapa de seus trabalhos: compreender a coerência dos direitos culturais entre si e com os outros direitos humanos, fazer sua análise e sua apresentação da forma mais objetiva possível, em um projeto de declaração sobre os direitos culturais a ser submetido à ampla consulta, depois à Conferência Geral da UNESCO.

1994-6 UNESCO. Estudos sobre os direitos culturais são inscritos no programa e orçamento aprovados para 1994-1995 da UNESCO (27C/5, § 5207). Fica estipulado especialmente que: *"a tônica será colocada particularmente na proteção e na promoção da identidade cultural e nos direitos linguísticos — e um sistema de indicadores destinado a determinar em que medida esses direitos são respeitados será elaborado. [...] Um inventário das medidas tomadas nos diferentes países e nas regiões no que se refere aos direitos culturais das pessoas pertencentes a minorias será estabelecido, e a possibilidade de elaborar um instrumento normativo sobre esse assunto será explorada, em estreita colaboração com as organizações intergovernamentais e não governamentais competentes"*. A necessidade de trabalhos sobre os direitos culturais estava inscrita nas Estratégias a Médio Prazo 1996-2001. Enfim, em novembro de 1995, a Comissão Mundial para a Cultura e o Desenvolvimento recomendou, à Assembleia Geral da UNESCO, "proteger os direitos culturais enquanto direitos humanos".[2] Essa dinâmica foi inscrita especialmente no mandato da UNESCO e sobretudo no âmbito da década sobre o desenvolvimento cultural.

1996 CONSELHO DA EUROPA. O projeto da Declaração dos Direitos Culturais e uma parte dos comentários são submetidos à crítica de uma oficina

---

[2] Relatório da Comissão Mundial da Cultura e do Desenvolvimento, *Notre Diversité créatrice* (UNESCO, 1995), especialmente a Agenda, Ação 7: Proteger os direitos culturais enquanto direitos humanos. Entretanto, diferentemente da Comissão, nosso grupo de trabalho estimou que essa proteção não pode ser feita por órgãos diferentes daqueles que existem para os outros direitos do homem.

do Grupo de Projetos do Conselho da Europa, Democracia, Direitos Humanos, Minorias, em Estrasburgo, 2 e 3 de setembro de 1996.

UNESCO. As diversas versões do projeto de declaração foram examinadas por ocasião da Conferência Anual dos Diretores de Institutos de Direitos Humanos na UNESCO, em 1996, depois em muitas outras reuniões antes de chegar à versão publicada em 1998.[3]

1999　IIEDH. Início das pesquisas feitas sobre os direitos culturais, fatores de desenvolvimento. Colóquio em Lomé.

2000　CONSELHO DA EUROPA. Adoção, pelo Conselho da Europa, da *Declaração sobre a Diversidade Cultural*.

2000-5　IIEDH-DDC. Colóquio em Friburgo sobre os indicadores do direito à educação,[4] depois desenvolvimento em Burkina Faso de uma pesquisa em profundidade sobre os indicadores do direito à educação básica, em parceria com a Direção Suíça do Desenvolvimento e da Cooperação (DDC).

2001　UNESCO. Adoção da *Declaração Universal sobre a Diversidade Cultural*. O Grupo de Friburgo participou de sua redação, especialmente na menção aos direitos culturais (art. 5º e §4 do Plano de Ação).

IIEDH. Publicação dos estudos reunidos das diferentes oficinas.[5]

2002　OIF. Início da colaboração do IIEDH e do Grupo de Friburgo com a Organização Internacional da Francofonia (OIF); colóquio *Diversidade e Direitos Culturais* em parceria com o Instituto Árabe dos Direitos Humanos, em Túnis.[6]

2002-5　IIEDH-CNRS, Estrasburgo. Pesquisa sobre a liberdade religiosa enquanto liberdade cultural.[7]

2004　Criação, no IIEDH, do *Observatório da Diversidade e dos Direitos Culturais* (ODDC), e decisão de preparar uma nova versão da Declaração enquanto texto oriundo da sociedade civil, visando favorecer a ação política a favor da realização dos direitos culturais.

---

[3] P. Meyer-Bisch (org.), *Projet de Déclaration des droits culturels* (Friburgo: Éditions Universitaires, 1998).
[4] J.-J. Friboulet, V. Liechti e P. Meyer-Bisch, *Les Indicateurs du droit à l'éducation. La mesure d'un droit culturel, facteur de développement*, Comissão Nacional Suíça para a UNESCO, IIEDH, Cátedra de História e de Política Econômica, 2000.
[5] M. Borghi e P. Meyer-Bisch, *La Pierre angulaire. Le "flou crucial" des droits culturels* (Friburgo: Éditions Universitaires, 2001).
[6] OIF, *Diversité et droits culturels*, prefácio de B. Boutros-Ghali (Paris: OIF, 2002).
[7] J.-B. Marie e P. Meyer-Bisch, "La Liberté de conscience dans le champ de la religion", *Revue de Droit Canonique*, Estrasburgo, v. 52, n. 1, 2005 (primeira publicação on-line em 2002: Documentos de trabalho do IIEDH, n. 4). Segundo colóquio: J.-B. Marie e P. Meyer-Bisch, *Un Noeud de libertés. Les seuils de liberté de conscience dans le domaine religieux* (Zurique: Schulthess, Zurique, 2005).

2004-6 ODDC — CÁTEDRA UNESCO DE BÉRGAMO. Em seguida à pesquisa sobre os direitos culturais, fatores de desenvolvimento: colóquios em Cotonou, Bérgamo (Itália) e Havana, em parceria com a Cátedra UNESCO de Bérgamo (BERG) e em colaboração com várias outras cátedras UNESCO.[8]

ODDC-DDC. Conclusão de quatro anos de pesquisa em Burkina Faso. Criação de um painel de indicadores do direito à educação básica.[9] Essa pesquisa irá orientar os trabalhos do Observatório.

2005 UNESCO. Adoção da *Convenção sobre a Proteção e a Promoção da Diversidade das Expressões Culturais*, em vigor em 2007.

ONU. Alto Comissariado dos Direitos Humanos. Jornada de consulta informal sobre as particularidades e o alcance do mandato de um perito independente sobre a promoção do gozo, para todos, dos direitos culturais e o respeito às diferentes identidades culturais (ver E/CN.4/2006/35).

ODDC. Começo dos programas de observações comparadas dos direitos culturais.

CONSELHO DA EUROPA. Adoção da *Convenção Quadro Relativa ao Valor do Patrimônio Cultural para a Sociedade*, denominada Convenção de Faro. Participação do grupo de Friburgo em sua redação.

2007 OIF. Segundo Congresso da Associação das Instituições Nacionais Francófonas dos Direitos Humanos, em fevereiro, em Rabat, e decisão de utilizar a Declaração de Friburgo para lançar programas de observação sobre a efetividade dos direitos culturais em diferentes países.

UNESCO — ISESCO — ODDC. Lançamento do programa de observação dos direitos culturais no interior da Rede ARADESC.

ODDC. Lançamento da Declaração de Friburgo em 7 de maio, na Universidade de Friburgo, e em 8 de maio, no Palácio das Nações em Genebra. Apresentações no Conselho da Europa (Direção-Geral Cultura e Direção-Geral Direitos Humanos), em Luxemburgo, e Atenas, em Logrogno (Espanha), México e Monterrey (Segundo Fórum Mundial das Culturas).

ODDC — OIF — CODC. Criação, na Universidade de Nouakchott, do Centro Interdisciplinar sobre os Direitos Culturais (CIDC) por ocasião

---

[8] S. Gandolfi, P. Meyer-Bisch, V. Topanou, *L'Éthique de la coopération internationale et l'effectivité des droits humains* (Paris: L'Harmattan, 2005).

[9] Coletivo IIEDH/APENF (com J.-J. Friboulet, A. Niameogo, V. Liechti e C. Dalbera), *La Mesure du droit à l'éducation. Tableau de bord de l'éducation pour tous au Burkina Faso* (Paris: Karthala, 2005. 153 pp.). Edição inglesa: *Measuring the Right to Education* (Zurique/ Genebra/ Paris/ Hamburgo: Schulthess; UNESCO, 2006), acrescido de um prefácio.

	de um colóquio: *Droits culturels et traitement des violences* [*Direitos Culturais e Tratamento das Violências*].[10]
2008	IIEDH — ODDC. Publicação de um dossiê dedicado aos direitos culturais na revista *Droits Fondamentaux*,[11] bem como de diferentes Documentos de Trabalho do Observatório.
	ONU. Jornada de debate geral organizada pelo CDESC sobre o direito de participar da vida cultural, tendo em vista a redação de uma Observação Geral sobre esse direito.
2009	ONU. Adoção da Resolução 10/23 do Conselho dos Direitos Humanos, criando o mandato do perito independente no campo dos direitos culturais. Nomeação da perita independente no campo dos direitos culturais, sra. Farida Shaheed.
	Adoção da Observação Geral 21 pelo Comitê de Direitos Econômicos, Sociais e Culturais: *direito de participar da Abdoulaye vida cultural (art. 15, §1a).*
2010	HCDH — OIF — UNESCO. Seminário no Palácio das Nações de Genebra: *Les Droits culturels. Nature, enjeux et défis* [*Os direitos culturais. Natureza, apostas e desafios*].[12]
	ONU. Apresentação do primeiro relatório da perita independente no campo dos direitos culturais no Conselho dos Direitos Humanos (A/HRC/14/36).
	ODDC — OIF E MUITOS PARCEIROS. XII Colóquio Interdisciplinar, Friburgo, 29-30 de abril: *L'Enfant sujet et témoin. Les Droits culturels de l'enfant* [*A criança sujeito e testemunha. Os direitos culturais da criança*]; Colóquio em Nouakchott: *Droits culturels et réconciliation* [*Direitos culturais e reconciliação*]; depois, em Teerã: *Diversité culturelle et éthique de la coopération internationale* [*Diversidade cultural e ética da cooperação internacional*].
	UNESCO — ISESCO — ODDC. Publicação da primeira observação da Rede Aradesc sobre os direitos culturais;[13] lançamento da segunda fase sobre o direito de participar da vida cultural; lançamento de um programa paralelo na rede latino-americana.

---

[10] S. Gandolfi, A. Sow, C. Bieger-Merkli e P. Meyer-Bisch, *Droits culturels et traitement des violences* (Paris: L'Harmattan, 2007).

[11] "Introduction aux droits culturels", *Droits Fondamentaux*, n. 7, jul.-dez. 2008. Disponível em: <www.droits-fondamentaux.org>.

[12] *Les Droits culturels. Nature, enjeux et défis*. Disponível em: <http://www2.ohchr.org/french/issues/cultural_rights/index.htm>.

[13] Abdelhafid Hamdi Cherif, Sameh Fawzy Henien, Omelez Ali Saad (debatedor: Azza Kamel Maghur), Ali Karimi, Abdoulaye Sow, Moncef Ouannes (debatedor: Khadija Cherif). In: Souria Saad-Zoy e Johanne Bouchard, *Les Droits culturels au Maghreb et en Egypte — Première Observation* (UNESCO e Isesco, 2010).

Anexo 2
PROMOÇÃO E USO DA DECLARAÇÃO

O grupo de trabalho, chamado Grupo de Friburgo, responsável pela redação, era composto, na data do lançamento da Declaração, em 7 de maio de 2007, por:

Taïeb Baccouche, Instituto Árabe dos Direitos Humanos e Universidade de Túnis; Mylène Bidault, Universidades de Paris X e de Genebra; Marco Borghi, Universidade de Friburgo; Claude Dalbera, consultor, Ouagadougou; Emmanuel Decaux, Universidade de Paris II; Mireille Delmas-Marty, Collège de France, Paris; Yvonne Donders, Universidade de Amsterdam; Alfred Fernandez, OIDEL, Genebra; Pierre Imbert, ex-diretor de direitos humanos do Conselho da Europa, Estrasburgo; Jean-Bernard Marie, CNRS, Universidade R. Schuman, Estrasburgo; Patrice Meyer-Bisch, Universidade de Friburgo; Abdoulaye Sow, Universidade de Nouakchott; Victor Topanou, Cátedra UNESCO, Universidade de Abomey-Calavi, Cotonou.

Entretanto, muitos outros observadores e analistas contribuíram para a elaboração do texto.

Uma lista das pessoas e instituições que apadrinham esta Declaração pode ser encontrada no site do Observatoire de la Diversité et des Droits Culturels:

WWW.DROITSCULTURELS.ORG OU WWW.UNIFR.CH/IIEDH

A Declaração dirige-se a todos aqueles e todas aquelas que, a título pessoal ou institucional, quiserem associar-se a ela.

ANEXO 3
LISTA DOS PADRINHOS DA DECLARAÇÃO

Segue abaixo a lista das pessoas e das ONGs que apadrinharam a Declaração em 7 de maio de 2007.[1] As pessoas e organizações que desejaram apadrinhar posteriormente estão marcadas com um*.

ESPECIALISTAS DAS NAÇÕES UNIDAS

Membros de comitês

A.S. AVTONOMOV, membro do Comitê para a Eliminação da Discriminação Racial, Federação Russa.

M.V. BRAS GOMES, membro do Comitê de Direitos Econômicos, Sociais e Culturais, Portugal.

J.F. CALI TZAY, membro do Comitê para a Eliminação da Discriminação Racial, Guatemala.

I.A. MOTOC, membro do Comitê de Direitos Humanos, Romênia.*

F.-B.V. DAH, membro do Comitê para a Eliminação da Discriminação Racial, Burkina Faso.

K.M.I.K. (DIEUDONNÉ) EWOMSAN, membro do Comitê para a Eliminação da Discriminação Racial, Togo.

A. EL JAMRI, membro do Comitê de Trabalhadores Migrantes, Marrocos.

W. KÄLIN, membro do Comitê de Direitos Humanos, representante do Secretário Geral para os direitos humanos de pessoas deslocadas em seu próprio país desde 2007, professor de direito, Universidade de Berna, Suíça.

A. KERDOUN, membro do Comitê de Direitos Econômicos, Sociais e Culturais, Argélia.

M. KJAERUM, membro do Comitê para a Eliminação da Discriminação Racial, Dinamarca.

---

[1] As pessoas apadrinham a título pessoal.

J. MARCHAN ROMERO, membro do Comitê de Direitos Econômicos, Sociais e Culturais, Equador.

R. RIVAS POSADA, membro do Comitê de Direitos Humanos, Colômbia.

L.-A. SICILIANOS, membro do Comitê para a Eliminação da Discriminação Racial, Grécia.

J. ZERMATTEN, membro do Comitê de Direitos da Criança, Suíça.

Titulares de mandatos de procedimentos especiais

D. DIENE, relator especial sobre as formas contemporâneas de racismo, de discriminação racial, de xenofobia e de intolerância correlata.

G. MCDOUGALL, especialista independente sobre as questões relativas às minorias.

V. MUNTHARBORN, relator especial da Comissão de Direitos Humanos sobre a situação dos direitos humanos na República Popular Democrática da Coreia; Universidade de Chulalongkorn, Bangkok.

V. MUÑOZ VILLALOBOS, relator especial sobre o direito à educação.

R. STAVENHAGEN, relator especial sobre a situação dos direitos humanos e das liberdades fundamentais das populações autóctones.

J. ZIEGLER, relator especial sobre o direito à alimentação (membro do Comitê Consultivo do Conselho de Direitos Humanos desde março de 2008).

O. DE SCHUTTER, prorofessor de direito fundamental no Collège d'Europe (NATOLIN) e professor convidado da Universidade de Columbia, Bélgica (relator especial sobre o direito à alimentação desde maio de 2008).*

Outros especialistas

A. ARASANZ, professor, presidente de FAPEL, Espanha.

A. BADINI, professor de filosofia, Universidade de Ouagadougou, Burkina Faso.

H. BELKOUCH, Centro de Estudos dos Direitos Humanos e Democracia (CEDHD), Marrocos.

L. BINANTI, professor de pedagogia, Universidade de Salento, Itália.

A. BOUAYASH, Organização Marroquina de Direitos Humanos, Marrocos.

A. CHARFI, professor, ex-diretor da Faculdade de Letras, Universidade de Túnis, Tunísia.

Z. COMBALIA, professor de direito canônico do Estado, Universidade de Saragoça, Espanha.

K. COULIBALY, Bureau Regional da UNESCO, Mali.
C. COURTIS, professor de direito, Universidade de Buenos Aires, Argentina.
R. DOSSOU, ex-ministro e decano honorário, Faculdade de Direito, Universidade de Abomey-Calavi, Benin.
H. EL KHATIB CHALAK, advogada e professora, Universidade Saint Joseph, Líbano.
F. EMMENEGGER, escultor, Marly, Suíça.
M.J. FALCÓN Y TELLA, diretora do Instituto de Direitos Humanos, Universidade Complutense, Madri, Espanha.
M. FEYEK, secretário geral da Organização Árabe de Direitos Humanos, Egito.
X. ERAZO LATORRE, copresidente do Colégio Universitário Henry Dunant, Chile.
S. GANDOLFI, professor de pedagogia, Cátedra UNESCO, Universidade de Bérgamo, Itália.
G. GARANCINI, professor de história do direito, Universidade de Milão, Itália.
L. GARBA, presidente da Comissão Nacional de Direitos Humanos de Níger, Níger.
CH. GERMANN, advogado no Fórum de Genebra, Suíça.
M. GIOVINAZZO, diretora da Fundação INTERARTS, Observatório Internacional de Políticas Culturais, Urbanas e Regionais, Barcelona, Espanha.
M. GLELE, membro do Comitê de Direitos Humanos, Benin.
W. HARB, presidente do Centro Árabe para o Desenvolvimento da Justiça e da Integridade, Líbano.
T. HOLO, Cátedra UNESCO, Universidade de Abomey-Calavi, Benin.
C.S.B. KAMARA, professor emérito de sociologia, Universidade de Nouakchott, ex-presidente da Associação Mauritaneense de Direitos Humanos e ex-vice-presidente da FIDH, Mauritânia.
M.F. IZE CHARRIN, ex-alto funcionário do Alto Comissariado de Direitos Humanos.
P. LEUPRECHT, diretor do Instituto de Estudos Internacionais, Universidade de Quebec em Montreal, ex-secretário adjunto e diretor de Direitos Humanos do Conselho da Europa, Canadá.
G. MALINVERNI, juiz na Corte Europeia de Direitos Humanos, ex-membro do Comitê de Direitos Econômicos, Sociais e Culturais, Suíça.
J.A. MICHILINI, professor, Faculdades de Direito da Universidade de Buenos Aires e da Universidade Nacional de Lomas de Zamora, juiz criminal, Argentina.
A. MINT MOCTAR, presidente da Associação de Mulheres Chefes de Família, Mauritânia.
H. MOUTIA EL AWADI, professor da Universidade de Sanaa, Iêmen.

A. NIAMEOGO, Associação para a Educação Não Formal, Burkina Faso.

L. POGNON, membro do Comitê de Sábios da União Africana, ex-presidente do Tribunal Constitucional, Benin.

PH. QUEAU, representante da UNESCO em Maghreb, Marrocos.

G. RAMIREZ, professor, Cátedra UNESCO, Academia Mexicana de Direitos Humanos, México.

F. RICHARD, diretor do Centro Cultural La Belle de Mai, Marselha, França.

F. RIZZI, professor titular da Cátedra UNESCO, Universidade de Bérgamo, Itália.

M. ROCA, professor de direito canônico do Estado, Universidade de Vigo, Espanha.

P. SALVAT, professor de filosofia, Universidade Alberto Hurtado, Santiago, Chile.

F. DE SALLE BADO, presidente da Comissão Nacional de Direitos Humanos de Burkina Faso.

I. SALAMA, presidente do grupo de trabalho das Nações Unidas sobre o direito ao desenvolvimento, ex-membro da Subcomissão da Promoção e da Proteção dos Direitos Humanos, Egito.

A. SAMASSEKOU, Academia Africana de Línguas, Mali.

E. SEPSI, diretora adjunta da Escola Normal Superior, Hungria.

A. TOURAINE, sociólogo, diretor de estudos na EHESS, França.

A.M. VEGA, professora, diretora do Departamento de Direito, Universidade de La Rioja, Espanha.

R. WEBER, Clube do Sahel e da África Ocidental, OCDE, Paris/Luxemburgo.

ONGs / Fundações / Associações que apadrinham a Declaração
Academia Mexicana de Direitos Humanos
Association des Femmes Chefs de Famille (AFCF), Mauritânia
Associação Internet para os Direitos Humanos (AIDH)
ATD Quart Monde*
Baha'i International Community*
Bureau de Solidariedade Internacional
Bureau International Catholique de l'Enfance (BICE)*
Centro de Estudos em Direitos Humanos e Democracia*
Colégio Universitário Henry Dunant (CUHD)
Commission Internationale des Juristes (CIJ)
Dominicains pour Justice et Paix
Fédération Internationale des Droits de l'Homme (FIDH)

Fondation Terre des Hommes*
Franciscains International
Human Rights Watch*
International Alliance of Women*
International Council of Women
International Federation of Social Workers*
Ligue Tunisienne de Défense des Droits de l'Homme
Movimento Mundial de Mães
New Humanity
Organização Mundial contra a Tortura (OMCT)*
Organização Internacional para o Direito à Educação e à Liberdade de Ensino (OIDEL)
Organisation Marocaine des Droits de l'Homme
pen International Club*
Points Coeur
Reporters Sans Frontières (RSF)
Tradições para o Amanhã*
Women's Board

AGRADECIMENTOS

- À Organização Internacional da Francofonia, em particular para a Delegação para os Direitos do Homem, para a Democracia e a Paz (DDHDP) por seu apoio às atividades do Observatório da Diversidade e dos Direitos Culturais;
- À UNESCO, e ao Alto Comissariado das Nações Unidas para os direitos do homem, e às outras instituições que nos honraram com diversas parcerias;
- À plataforma *Pour le respect de la diversité et des droits culturels (ong)*;
- Aos observadores que coletam, analisam e transmitem suas observações sobre as violações dos direitos culturais e as boas práticas neste campo quando ocorrem
- Ao Conselho da Universidade de Friburgo, sem cujo apoio esta publicação em seu formato inicial não teria sido possível;
- Ao Observatório Itaú Cultural, São Paulo, pelo apoio a esta edição em português.

ÍNDICE REMISSIVO

acesso 3.1, 3.2
adequação cultural 1.16, 9.15
alavancas do desenvolvimento 0.6, 10.2
apropriação 1.16
ataque 3.23
atividades, bens e serviços culturais portadores de identidades, de valores e de sentidos 2.2, 3.14, 5.9, 7.7, 10.5
autóctones 0.7

balanço cultural 9.13, 1.16
bem comum 2.11, 4.4, 10.15

capital cultural 3.15, 10.2
ciências 5.12
comunicação 7.3
comunidade 2.6, 4.1
comunidade científica 3.29
comunidade epistêmica 5.4
comunidades culturais 2.7, 4.2
conexão das liberdades 3.4, 7.17
conhecimento dos direitos humanos 6.10
conjunto dinâmico de referências 9.1
conteúdo cultural 5.11
contra-argumentação cultural 3.32
cooperação cultural 8.2
cultura 2.2

democratização 9.5
desenvolvimento 0.6, 9.5
difamação 3.27
dignidade 0.2
direito ao trabalho 10.8
direito coletivo 4.10
direitos culturais 0.12, 3.8
disciplinas culturais 6.6
discriminações múltiplas 1.8
diversidade 0.4
diversidade cultural 3.6
diversidade e universalidade 9.15
diversidade econômica 10.4

educação 3.13
efeito detonador 3.8
eficácia 0.2
espaço público 9.13, 9.4
estoques culturais 5.19

fronteiras 4.5, 5.4, 7.11, 8.10

governança 2.13, 3.32
governança democrática 9.3

identidade 2.10, 5.24
identidade coletiva 4.10
identidade cultural 2.4
igual dignidade das culturas 3.11, 8.9
imaterial 3.18
indicador 10.17
individualmente ou em comum 2.6, 3.1, 5.2
indivisibilidade 1.3, 12.13
informação 9.13
informação adequada 7.4
interculturalidade 9.12
interdependência 1.3

liberdade acadêmica 7.7
liberdade artística 7.7
liberdade de informação 7.9
liberdade de opinião 7.8
liberdades econômicas 5.14
limite 1.12
língua 5.7

meio cultural 3.9
memória 3.17
migrantes 5.21, 9.12
minorias 0.7, 9.11

não discriminação 1.5, 3.6

objetivos do milênio 10.13
obras 3.8
obrigações 0.13, 9.8
observar 0.13, 3.21
organizações intergovernamentais 12.1

participação 1.17, 4.4
patrimônio 2.10
patrimônio cultural 3.15, 3.18
paz 0.3, 4.3, 5.5
pessoa idosa 8.9

pobreza 10.11
políticas multiculturais 5.20
povo 2.14
práticas culturais 5.8
práticas prejudiciais 3.30
propriedade 3.19

reciprocidade 4.1, 7.5
referências culturais, 2.10, 2.3, 3.3
religiões 3.4
respeito 3.22, 3.23
respeito crítico 3.12, 3.28, 6.6, 7.10, 7.22, 8.3
riqueza 3.9, 10.9
riqueza cultural 2.7
riqueza dos pobres 10.11

saber 3.14
segurança humana 0.8
subjetividade 2.10
subsidiariedade 9.8

tradição 2.9
três tipos de agentes 0.10

unidades dinâmicas 5.5
universalidade 1.2

valor cultural 10.6, 10,7
vida cultural 5.3
vida econômica 5.14
violência 0.3

OUTROS TÍTULOS
DESTA COLEÇÃO

ARTE E MERCADO
Xavier Greffe

CULTURA E ECONOMIA
Paul Tolila

CULTURA E ESTADO
Geneviève Gentil e Philippe Poirrier (Textos escolhidos)
Teixeira Coelho (Seleção para a edição brasileira)

A CULTURA E SEU CONTRÁRIO
Teixeira Coelho

A CULTURA PELA CIDADE
Teixeira Coelho (org.)

CULTURA E EDUCAÇÃO
Teixeira Coelho (org.)

O MEDO AO PEQUENO NÚMERO
Arjun Appadurai

A REPÚBLICA DOS BONS SENTIMENTOS
Michel Maffesoli

SATURAÇÃO
Michel Maffesoli

METRÓPOLES REGIONAIS E CULTURA
Françoise Taliano-des Garets

CADASTRO
ILUMINURAS

Para receber informações sobre nossos lançamentos e promoções, envie e-mail para:

cadastro@iluminuras.com.br

Este livro foi composto em Myriad pela *Iluminuras* e terminou de ser impresso em abril de 2014 nas oficinas da *Graphium Editora*, em São Paulo, SP, em papel off-white 70g.